LE DERNIER JOUR

Texte d'Hubert Ben Kemoun
Illustrations de François Roca

NATHAN

CHAPITRE I

Jeanne et Louis

Mon territoire s'étend du square Verne au boulevard Cerpe, c'est la place de la Libération et je connais parfaitement tout ce quartier, jusqu'aux quais du fleuve.

Jolie place, la place de la Libération. Du monument aux morts vissé au milieu, on peut distinguer les reflets de l'estuaire et les péniches qui lambinent vers l'océan. Jolie place ombragée de tilleuls, bordée de riches immeubles en pierre de taille et balcons en ferronneries compliquées. En été, les touristes font un petit détour par ici. Ils admirent rapidement, rentabilisent leurs appareils photo sans profiter de l'ombre fraîche des tilleuls, écoutent d'une oreille distraite les commentaires des guides et remontent dans leurs autocars pour aller découvrir d'autres richesses du port. On dit que l'argent n'a pas d'odeur, pourtant ici, ça exhale le fric à plein nez.

La place de la Libération, c'est : trois bijouteries blindées comme des secrets atomiques, une succursale de banque à la façade en miroir, un fourreur de renom et un maroquinier dont la simple lecture des prix en vitrine donne le vertige. Les quelques autres commerces sont des boutiques de grand luxe, un salon de haute coiffure (très très haute, la coiffure) et une agence immobilière qui ne fait que dans le méga-standing. C'est propre, c'est beau, mais la place de la Libération est un endroit mort, comme son monument du même nom.

Une seule exception : *Le Jeanne*. Coincé comme une vilaine verrue à l'angle du boulevard Cerpe et de la rue Dolto, *Le Jeanne* est un café qui fait brasserie le midi. J'y passe le temps que je ne consacre pas au collège ou à la photo. Avant, il y a trois ans, cet endroit s'appelait *Le Café de la place*. C'était banal comme si on appelait son chien « Médor » ou son perroquet « Coco », pourtant, j'aurais préféré que ce café ne change jamais de nom. Ici aussi, ça sent l'oseille, mais la véritable oseille. Celle dont Louis, le patron, saupoudre ses fritures de poissons. Un régal qui attire les habitués de midi, malgré la vétusté de l'endroit, comparée au luxe du quartier.

Au *Jeanne*, j'ai ma table réservée. Au fond de la salle, entre le bar et le flipper, bien en face de la terrasse. Ma présence ne pose aucun problème à Louis, au contraire. Je précise, parce que cela pourrait paraître assez étonnant qu'un garçon de treize ans puisse rester dans un bistrot pendant des heures, sans consommer et sans se faire virer immédiatement par le patron. L'explication est simple. Louis, le grand bonhomme aux yeux tristes avec son tablier pas toujours blanc, galopant sans cesse de sa cuisine à la salle, qui balance trois cent mille baffes par jour à son percolateur, Louis... c'est mon père.

Il aime bien me voir m'installer dans mon petit coin, le mercredi ou en fin d'après-midi lorsque je rentre du collège. C'est là que je transpire sur mes versions d'anglais, que je jure sur des équations de maths et que je cherche l'inspiration pour mes rédactions. C'est aussi ici que je fais une bonne partie de mes photos. Nous habitons au premier, juste au-dessus du *Jeanne*.

Je pourrais monter travailler dans ma chambre, mais Louis et moi préférons que je sois là. L'un non loin de l'autre, par complicité, autant que par tendresse.

Il ne faut pas croire que mon père soit du style à me serrer la vis et à surveiller mes moindres mouvements. Ce n'est pas dans son caractère. Et même, si c'était le cas, il ne pourrait pas. Il a beaucoup trop à faire entre ses fourneaux et les clients de la salle. Non, ce n'est pas ça, mais depuis la mort de maman, il est devenu différent.

Pas seulement triste et inquiet. Pire que ça. Depuis la mort de ma mère, Louis est devenu une sorte d'automate. Ses yeux ont perdu leur éclat, son tablier s'est constellé de taches et même sa brasserie a perdu de son brillant. Quelque chose en lui s'est cassé brutalement.

C'était il y a trois ans. Lorsque nous sommes rentrés du cimetière, après l'enterrement, il est demeuré des semaines entières prostré dans son deuil, comme si tout d'un coup il avait basculé dans la vieillesse, lui qui avait à peine dépassé la quarantaine. Courbé sur son bar, il continuait à servir ses cafés crème et ses demis panachés, mais ce n'était plus du tout le même homme. Il devenait une espèce de vieil automate détraqué. Il effectuait ses gestes par habitude, ses plats n'avaient plus leur goût magique, il oubliait les commandes que l'on venait de lui passer, se trompait en rendant la monnaie, ne participait plus aux discussions des quelques habitués qui, tous les matins, refaisaient le monde, au coin de son bar.

J'avais besoin de lui pour m'aider à supporter l'absence et il n'avait que la force de pleurer souvent. Nous étions comme deux paumés, abandonnés, l'un par sa femme, l'autre par sa mère. Un sacré duo...

Mes nuits étaient bourrées de cauchemars dans lesquels la voiture beige qui avait fauché ma mère, en cette maudite matinée du 4 septembre, recommençait cent fois son dérapage sur la chaussée mouillée. Je me réveillais en sueur et en hurlant « maman ! ». Les toubibs prescrivaient des médicaments pour que je puisse dormir, mais il n'existe pas de remède contre ce genre de douleur. J'éclatais en sanglots pour un rien. Le simple souvenir d'un air que maman chantait ou la vue de n'importe quelles traces noires de pneus sur la chaussée déclenchaient mes larmes.

Louis a fait des efforts. Petit à petit il a refait surface, séché ses pleurs, mais dans ses yeux, aucune trace de l'ancien éclat. Il a recommencé à s'occuper de moi, comme un père et aussi, il le fallait bien, comme une mère. Il est redevenu plus attentif. Il m'aidait à rattraper le retard que j'avais pris à l'école, de ne pas y être allé assez souvent après l'accident. Considérant que j'avais largement eu ma part, il tentait de me préserver des petits malheurs de la vie.

À cette époque, sans cesse, je sortais des tiroirs des photos de ma mère. Une fois mes crises de larmes passées, je continuais à chercher d'autres clichés, d'autres signes d'elle. Il n'y en avait pas beaucoup, pas assez à mon goût. Je crois que j'avais peur d'oublier son visage, son sourire et aussi les mimiques dont elle seule avait le secret pour me rassurer. Peut-être est-ce pour cette raison que, petit à petit, je me suis intéressé à la photographie...

J'entrais en sixième et Louis m'a inscrit au club photo du collège. J'y ai appris à choisir mes sujets, à les cadrer, à les développer. J'appris aussi à jeter les clichés qui ne correspondaient pas à ce que je cherchais et à tirer des agrandissements de mes quelques réussites. Cette activité me passionnait.

Depuis un an ou deux, je prends des photos de tout. De Louis dans son bistrot, des clients souvent attablés dans les mêmes attitudes, des copains pendant les récréations, des profs que j'aime, de ceux que je déteste. J'ai fait aussi une série de clichés de la place de la Libération et des travaux de rénovation de tous les bâtiments, du travail des tailleurs de pierre, des couvreurs et des maçons. Sur les premières photos de cette série, le café de Louis s'appelle encore *Le Café de la place*, sur les dernières il est devenu *Le Jeanne*.

M. Solal, le psychologue qu'on m'avait envoyé consulter au pire moment de mes insomnies, disait avec un sourire complice, lorsqu'il parlait de mes photos : « TU VEUX IMMORTALISER, THOMAS ! IM-MOR-TA-LI-SER ! »

C'est possible. Je crois que je me fabrique de la mémoire, des preuves de vie, puisque j'ai perdu celle qui me l'a donnée. On s'accroche, comme on peut, à ce qui nous reste...

L'année du décès de maman, nous étions rarement seuls, papa et moi. Pour adoucir notre deuil, des amis passaient souvent ou nous invitaient, on nous tenait compagnie, la famille se faisait présente. On nous soutenait. Moi, je venais de passer en sixième, un cap un peu compliqué. Entrée au collège, nouveaux copains, nouvelle façon de travailler, un prof pour chaque matière... une mère en moins.

Mes rendez-vous avec le psychologue M. Solal, les efforts de Louis et de nos amis... tout le monde essayait de m'épauler. Mais je crois que ce sont surtout mes nouveaux camarades qui m'ont aidé. Ils ont pris soin de moi et pas seulement par pitié. Eux aussi débarquaient au collège et cherchaient de nouveaux amis. Dès le début de l'année, il n'y avait pas une sortie ciné ou un anniversaire sans que l'on m'invite. Le Grand Vladimir aussi : déjà une vedette à l'école primaire, il se lançait dans le rock et m'invitait souvent aux répétitions du groupe qu'il venait de monter. Beaucoup d'élèves de ma classe passaient au café les mercredis, nous nous acharnions ensemble sur nos devoirs avant de nous défouler sur le flipper. *Le Jeanne* devenait le lieu de nos rendez-vous où Louis servait avec plaisir Coca et diabolos.

La blessure gigantesque de l'absence était toujours là, mais elle se cicatrisait un peu. Elle saignait moins.

Quelques mois après le décès de maman, Louis a débaptisé *Le Café de la place*, pour lui donner le prénom de Jeanne. Autour de lui, tout le monde trouvait l'idée un peu idiote, mais je crois que lui aussi, il immortalisait, comme aimait à expliquer M. Solal.

C'est la seule chose visible qui ait changé dans le café. Ces grosses lettres d'or sur fond rouge qu'un néon éclaire dès la tombée de la nuit : *Le Jeanne*. L'intérieur de la brasserie est resté strictement identique. Seize tables recouvertes le midi de nappes à carreaux rouges et blancs, disposées entre les baies vitrées et le bar protégé par sa rampe en cuivre piquée à de nombreux endroits. Seul le vieux flipper, dont l'extra-ball et le spécial n'ont plus de secrets pour moi, fait tache de couleur avec une série d'anciennes plaques de publicités en acier. Celles-ci sont accrochées çà et là, sur les murs en carrelage crème. Au fond de la salle, la porte à double battant donne sur l'antre de Louis : sa cuisine. La porte des toilettes est à côté du flipper et, juste à gauche de celle-ci, il y a une autre porte qui donne sur une pièce sombre qui sert de débarras. C'est là que j'espère un jour installer mon labo photo.

Tout au *Jeanne* paraît semblable au temps du *Café de la place*, même le vieux parquet de chêne. Tout, sauf peut-être le principal : la lumière dans le regard de Louis. Mais ça...

Le reste du quartier a changé bien davantage. Il a glissé dans le luxe comme on se coule dans un bain de mousse parfumée. La petite épicerie et le cordonnier de la rue Dolto ont fermé il y a deux ans, la boulangerie-pâtisserie du boulevard Cerpe, l'année dernière. Ils étaient les derniers petits commerces proches de la place. Il n'y a plus que mon père qui refuse absolument de vendre. Il ne veut même pas en entendre parler, malgré les offres mirobolantes qu'on lui a déjà faites. *Le Jeanne* fait figure de village d'Astérix, résistant à l'invasion des Romains : les promoteurs. La seule différence, c'est que mon père a perdu sa potion magique en enterrant sa femme.

Nous n'étions pas dans la misère, mais les repas servis le midi suffisaient à peine à bien faire tourner *Le Jeanne*. Aucune chance pour moi de pouvoir un jour m'offrir tout le matériel nécessaire à l'installation de mon labo photo dans le débarras du fond.

Pourtant, je faisais de plus en plus de photos. L'une d'elles, représentant un groupe de touristes japonais pique-niquant sous le monument aux morts de la place, m'avait valu un premier prix à un concours organisé par la ville. On m'avait offert un bel appareil de marque allemande, doté d'un objectif grand angle. Le tirage de cette photo avait été publié par le journal local en dernière page et, depuis, Louis l'avait fièrement accroché au-dessus du percolateur, dans un beau cadre ébène.

– En immortalisant, tu donnes de la vie à tes personnages, à ton univers, c'est bien ! Tu passes du négatif au positif ! baragouinait M. Solal, que j'allais voir de moins en moins souvent.

– C'est possible !

Je répondais vaguement.

– Peut-être devrais-tu faire des photos en couleurs ! proposait-il d'un air complice.

– La couleur ? C'est pas mon style de photos !

– La vie n'est pas en noir et blanc, Thomas ! insistait le psy.

– M'sieur, mon problème, c'est que c'est cher la photo... et le fric, c'est pas trop dans votre catalogue de solutions !

L'argent ! Un sacré obstacle ! Pour Louis, qui pâlissait d'angoisse à chaque arrivée d'une grosse facture, pour moi et mon rêve de labo et de nouvel appareil.

Développer mes clichés au club photo du collège ne

me coûtait pas trop cher, mais pour me perfectionner davantage, j'avais besoin d'argent et Louis n'en avait pas. Il me donnait ce qu'il pouvait et c'était déjà bien, mais hélas, mes rêves de photographe représentaient un investissement d'environ dix mille francs. Des sommes pareilles, on ne les trouve pas dans les soucoupes de pourboires des consommateurs de petits crèmes.

Bien entendu, si *Le Jeanne* avait mieux marché, j'aurais peut-être pu augmenter mes finances en aidant mon père au bar ou en cuisine. Mais c'est seulement en fin de matinée et le midi qu'il y avait beaucoup à faire, en plein pendant mes heures de cours. Et puis, pour l'aider, Louis avait Didier, un apprenti cuisinier qui lui donnait le coup de main nécessaire entre onze heures et le début de l'après-midi.

Il fallait se débrouiller autrement, alors j'offrais mes services à mes camarades de classe. J'avais fait des photos d'anniversaire chez Boris – une super boum déguisée qui avait pour thème « gangsters et policiers » – et aussi, des clichés de BOULIMIE SUBITE, le groupe de rock du Grand Vladimir.

Mais ces travaux de photographe ne me rapportaient jamais des fortunes, même si mes camarades avaient un peu plus de moyens que moi.

Laurence aussi m'avait commandé cinq portraits différents, en prévision d'une audition pour une agence de publicité qui recherchait de jolies adolescentes pour une campagne contre l'acné juvénile. J'y avais mis tout mon talent et surtout, tout mon cœur. Elle m'avait payé mon travail, même si, pour celle dont tout le bahut était fou-dingue, j'aurais volontiers fait des centaines de photos gratuitement...

Tous les garçons qui galopaient derrière elle avaient essayé de m'acheter un tirage de ses portraits. J'avais refusé, soi-disant par conscience professionnelle. En réalité, les photos de celle dont j'étais secrètement amoureux étaient les seuls de mes travaux que je ne voulais pas vendre, malgré le bon prix que j'aurais pu en tirer.

Le cœur ne fait pas toujours bon ménage avec les affaires...

Alors, pour augmenter mes finances, j'ai monté ma petite combine, sur la place de la Libération.

Seulement, parfois, il y a des mélanges qui deviennent explosifs, comme l'eau et le gaz par exemple. Eh bien moi, je n'aurais jamais cru que les photos et ma petite combine pouvaient provoquer l'explosion qui s'est déclarée le jour du drame, « mon dernier jour », un mercredi d'avril, une semaine exactement avant mes treize ans.

CHAPITRE II

Laurence et « Propre sur lui »

Mardi, 15 h 15, Martel ronronnait au tableau. Il nous causait des équations à trois inconnues. Des petits *a*, des petits *b* et des petits *c* qui se multiplient entre eux, s'additionnent et finissent normalement par former une grosse mêlée dont il fallait trouver le nom. Enfin, c'est ainsi que je comprenais les choses... À part Pierre-Olivier, le lèche-bottes de service, ça ne passionnait personne. Une heure de maths de 15 à 16, juste après le basket, il n'y a rien de plus mortel. C'est aussi pour ça que le prof, depuis le début de l'année, était surnommé : MARTEL LE MORTEL.

Derrière moi, Laurence s'est penchée pour me chuchoter discrètement :

– Thomas, j'ai besoin d'une autre série de photos. Il me faudrait ça pour la fin de la semaine.

J'ai essayé de prendre le ton d'un photographe professionnel. Si j'étais amoureux de Laurence, il n'était pas question qu'elle puisse se douter de mes sentiments et me confonde avec la ribambelle de ceux qui lui tournaient autour.

– Pas de problème, j'ai gardé les négatifs de ta dernière commande.

Non seulement je les avais gardés mais j'en avais fait de superbes agrandissements, pour mon seul plaisir.

– Non, Thom, il m'en faut d'autres... en maillot de bain, a-t-elle ajouté d'une voix à peine audible.

J'ai fait semblant de ne pas être surpris.

– Et tu veux faire ça à la piscine municipale ? On est en avril et tu sais ce qu'on dit, en avril ne te découvre...

– Arrête, c'est sérieux ! Il les faut absolument en maillot !

– Tu veux faire ça chez toi ? ai-je dit en reprenant un ton un peu plus sérieux.

– C'est absolument hors de question, ma mère m'arracherait les yeux !

– Ce serait dommage, c'est tout de même un de tes trésors personnels ! Écoute, pour avoir une bonne lumière, il faudrait un vrai studio avec tout le matériel.

– C'est vachement important ces photos. C'est pour un casting pour la télé !

– *Alerte au bikini* ou *Baleine et les garçons* ?

– Ni l'un ni l'autre, c'est pour une nouvelle série. Les auditions commencent la semaine prochaine. Les candidates doivent se présenter avec plusieurs tirages !

– Je connais un très bon photographe sur l'avenue Trimintin.

– Je n'ai pas les moyens de payer des professionnels.

– Alors je suis ton homme ! ai-je dit, en lui jetant un petit coup d'œil malicieux. On peut se débrouiller chez moi, avec une ou deux lampes halogènes !

– Tu peux faire ça rapidement ?

– LA CLIENTE EST REINE ! Reine de beauté en ce qui te concerne...

– Ce sera cher ?

– Il te faut combien de photos ?

– Une dizaine, ça me coûterait combien ?

Je ne pouvais pas lui dire que j'étais prêt à lui faire des centaines de photos pour le prix d'un seul de ses sourires, les autres auraient commencé à jaser sur mon compte. J'ai continué, comme si elle avait été n'importe quelle cliente :

– Disons le prix de la dernière fois !

– Je n'ai pas beaucoup d'argent en ce moment et j'ai vraiment besoin de ces photos...

– Je comprends... ai-je dit en faisant mine de réfléchir, comme si j'hésitais à lui rendre le service qu'elle me demandait.

Puis je repris :

– Ne t'inquiète pas, je te propose de ne me payer que le mois prochain et encore, uniquement si tu décroches le rôle !

– T'es super, Thomas, j'adore ton sens des affaires !

Tout à coup, j'ai repensé à quelque chose et j'ai murmuré :

– Attends, moi aussi j'ai un service à te demander !

– Vas-y ?!

– Quand tu étais petite, tu jouais à la poupée ?

– Ben oui et alors ?

– T'avais des Barbie ?

– Toute une collection, j'adorais ça.

– Et maintenant, tu joues toujours avec ?

– Tu veux une baffe, Thomas ?

– Non, je voudrais deux de tes vieilles poupées

Barbie. Une fille et un garçon avec leurs costumes et leurs accessoires. C'est un échange. Je te fais les photos quand tu veux et tu me files les deux poupées et tout ce qui va avec. Même plus besoin de payer, c'est du troc !

– Qu'est-ce que tu veux faire avec ces poupées ?

– Moi aussi, c'est pour des photos !

– Tu me racontes des histoires !

– Pas du tout, c'est pour...

– Tu joues à la poupée ? a-t-elle coupé, amusée.

Elle avait parlé trop fort. Sa phrase a résonné dans la somnolence de la classe. Tout le monde s'est retourné vers nous, même Pierre-Olivier.

Rouge de honte, j'ai demandé :

– Alors tu marches, oui ou non ?

– Tu les auras demain.

– Rendez-vous demain mercredi, au *Jeanne*, disons vers onze heures.

Martel continuait ses interminables explications au tableau mais déjà, une sale rumeur se propageait de table en table parmi mes camarades.

– Thomas joue à la poupée !

– Oh ?

– Si, si ! Il s'amuse à les habiller et les déshabiller chez lui !

– Tu crois ?

– Sûr, il paraît même qu'il a toute une collection de Barbie !

– Arrête, c'est des bobards !

– Pas du tout, il fait des échanges avec les filles de la classe !

– C'est dingue !

– Et tu sais, le pire ?

– Non ?

– Il paraît qu'il les photographie !

J'ai fait semblant de les ignorer. La rumeur, c'est comme un bouton. Faut pas y toucher. Si on gratte la croûte, une plus grosse se forme à la place et on n'en finit plus. N'empêche qu'en fin d'après-midi, je sentais bien qu'une partie de la classe me lorgnait d'un drôle d'œil, pendant que l'autre s'interrogeait sérieusement sur ma santé mentale...

Le pire s'est passé lorsque nous sommes sortis du collège. Pierre-Olivier s'est avancé vers moi pour me chuchoter, sur un ton qui se voulait complice :

– Tu sais, Thomas, il ne faut pas avoir honte, moi aussi j'adore jouer à la poupée. J'en pique même à ma sœur !

Je lui aurais bien dévissé la tête d'une superbe baffe. J'ai juste dit : « Lâche-moi ! » et je me suis éloigné.

Mais l'insupportable Pierre-Olivier insistait lourdement en s'accrochant à mes basques.

– On pourrait faire des échanges, si on a des doubles !

Je me suis retourné.

– Tu sais ce qu'il y a de plus pénible chez toi ?

– Que je suis le premier partout ? C'est pour ça que personne ne me supporte !

– Même pas ! C'est quand tu parles !

– Quand je parle ?

– Ouais, à chaque fois que tu l'ouvres, ça colle, c'est pire que du miel ou de la confiture ! C'est écœurant tellement c'est sucré ! C'est mortel !

Et je suis parti en le laissant coi. Cet imbécile m'avait mis de très mauvaise humeur. Je marchai vite vers *Le Jeanne*.

Un peu avant d'arriver chez moi, j'ai aperçu deux contractuelles qui verbalisaient les voitures en infraction sur le boulevard Cerpe. Je les ai doublées en courant jusqu'à la place de la Libération et là, j'ai commencé mon petit trafic. Les deux fliquettes allaient arriver sur la place dans une dizaine de minutes, je n'avais pas de temps à perdre. J'ai repéré seulement trois voitures qui n'avaient pas payé leur stationnement, j'ai donc acheté trois tickets à trois francs que j'ai glissés sous leurs essuie-glaces. Il ne me restait plus qu'à attendre le passage des deux uniformes et surtout le retour des propriétaires.

C'était ça ma combine.

Oh, ce n'était pas un plan extraordinaire. Les loubards qui nous guettent aux alentours du collège, pour essayer de nous fourguer leurs petites cargaisons de saloperies mortelles, se font beaucoup plus d'argent... Moi, ma petite combine était honnête et simple. Juste une bonne idée et surtout une bonne place : *Le Jeanne*. Je pouvais difficilement espérer meilleur poste de vigie.

Avec la rénovation de la place de la Libération, deux horodateurs ont été installés sur les trottoirs. Les flics municipaux semaient leurs papillons verts régulièrement et leur récolte était toujours assez bonne. C'est ainsi que je m'étais transformé en « vengeur des parcmètres ». Dès que je repérais l'arrivée des képis, je filais à l'une des machines et achetais des tickets à deux ou trois francs que je glissais sous les essuie-glaces des voitures en infraction. Quand les flics passaient pour dédicacer leurs contraventions, ni vu ni connu, les voitures étaient en règle. Après, il suffisait d'attendre le retour des propriétaires. Je leur annonçais que je leur avais évité une amende et que je souhaitais me faire rembourser ma mise, plus un petit pourcentage. Ils ne rechignaient jamais à payer. Pour une mise de deux francs, on m'en donnait au minimum dix, parfois plus. Un jour, une jeune femme sortant de chez le fourreur m'avait carrément glissé le prix de l'amende, tant elle trouvait ma petite combine sympathique.

Certains jours, mon bénéfice allait jusqu'à deux cents francs. Même à ce rythme-là, je savais qu'il me faudrait pas mal de temps pour m'offrir mon labo photo. Mais on fait comme on peut avec les moyens qu'on a et je n'avais rien trouvé de mieux.

Il n'y avait qu'un seul client au *Jeanne*. Pas un habitué. Posé sur un des tabourets du bar, il sirotait une bière. Louis m'a fait un signe affectueux depuis la cuisine et a repris le rangement de ses placards de vaisselle. Je me suis installé à ma table derrière la vitrine pour commencer – vaguement – une version d'anglais et surtout jeter – sérieusement – un œil sur la place. Le type au bar allait très bien avec le quartier. Très « propre sur lui » ! Costume bien coupé, cravate en soie bien nouée, il y avait juste un petit détail qui intriguait mon œil de photographe : l'homme portait une paire de lunettes noires qui lui cachaient les yeux. Par un temps aussi gris et à l'intérieur d'un café, ce n'était pas commun. Mais on a le droit d'être très chic et de souffrir des yeux... chacun ses problèmes. L'observer me distrayait de mon maudit devoir d'anglais. D'autant que ce client regardait la place très attentivement. On aurait dit qu'il n'avait jamais rien vu d'aussi intéressant de toute sa vie...

Les deux fliquettes passaient devant la maroquinerie et vérifiaient chaque pare-brise. « Pas la peine, mesdames, Thomas est déjà passé par là ! »

J'avais placé mes trois tickets sur une Twingo corail, une Nevada noire et une 205 blanche. J'attendais l'arrivée d'un des propriétaires pour filer lui réclamer ma mise. Le « propre sur lui » s'est levé et a regardé sa montre. Il a vérifié si son heure coïncidait avec celle de la pendule Coca-Cola, au-dessus du flipper, et il est sorti. Les contractuelles avaient déjà disparu par la rue Dolto, dans l'espoir d'une chasse plus fructueuse.

Je l'ai regardé traîner un moment devant les vitrines du fourreur et de la maroquinerie. Il a relacé ses chaussures à la hauteur de la banque et s'est dirigé vers la Nevada noire.

Debout Thomas, l'anglais peut attendre, pas les clients ! J'ai foncé le voir avant qu'il ne démarre.

– Eh, m'sieur ?

Sa main était sur la poignée. Il a sursauté à mon appel.

– Qu'est-ce que tu veux ?

Visiblement, il n'avait pas remarqué que nous étions ensemble dans le même bistrot dix minutes plus tôt.

– Ben, voilà, j'ai posé un ticket sur votre pare-brise pour vous éviter une contravention. Les flics viennent de passer... vous avez dû les voir...

– Et alors ?

Drôlement froid, le « propre sur lui ».

– Eh bien, je trouverais normal de récupérer mes trois francs... plus un petit remerciement !

– Je ne t'ai rien demandé !

Le ton était sec, pressé, nerveux.

– Bien sûr, je ne dis pas le contraire, mais avouez que si je ne l'avais pas fait, ça vous coûtait soixante-quinze francs !

– Ouais, trois francs contre soixante-quinze, ça se défend !

Sa mauvaise humeur se calmait un peu, mais il avait du mal à sourire.

– Je fais ça pour me payer un agrandisseur, pour développer mes photos, ai-je dit pour le décrisper un peu plus.

– C'est ton problème !

Il reprenait un ton mauvais, tout en sortant son porte-monnaie de sa poche. Il en a tiré deux pièces, une de deux francs et une autre d'un franc. Il me les a tendues sans me regarder. Les « propres sur eux » ne sont pas si avares d'habitude. Mais je sentais que si je le lui faisais remarquer, il était capable de me frapper. J'ai regardé mes pieds, histoire d'attendre que sa générosité reprenne le dessus. C'est alors que j'ai remarqué un détail. Un détail de rien du tout, mais qui n'a plus quitté mon esprit.

– Tiens, prends ça et fous-moi la paix !

Dans ma main, il avait royalement ajouté une seconde pièce de deux francs. Cinq francs ! Tu parles d'une affaire ! J'étais tombé sur l'empereur des radins.

J'ai tourné les talons avec une sacrée envie de lui jeter son fric à la figure, mais il y avait ce détail qui ne quittait plus mon esprit. Dans mon dos, le break a démarré et a disparu vers l'estuaire.

La femme blonde à qui appartenait la Twingo corail a été autrement plus sympathique, elle m'a donné vingt francs, tout comme le vieux couple à la 205. Mais m'auraient-ils donné deux fois plus, je n'arrivais pas à oublier l'homme à la Nevada noire.

Comme souvent, entre six et huit heures du soir, l'heure de fermeture du *Jeanne*, des clients qui sortaient des bureaux et des magasins se retrouvaient autour du bar de Louis pour quelques tournées d'apéro. J'ai préféré émigrer dans l'appartement pour tenter de percer les secrets de ma version d'anglais en attendant que Louis monte dîner avec moi. Difficile de me plonger dans mon dictionnaire et dans mes formes pronominales et pas seulement à cause de mes faiblesses en anglais...

WHY ? Pourquoi ? C'était la seule chose qui cognait dans ma tête. Pourquoi se pencher pour relacer ses chaussures... quand on porte des boots fermées, qui justement... n'ont pas de lacets ?

CHAPITRE III

Batman et le scoop

Mercredi matin. À la table la plus proche du bar, mon chocolat fumait en attendant que je lui fasse un sort. Louis venait de déposer sa tasse de café et une paire de tartines beurrées en face de moi.

– Bien dormi, Thomas ?

– Rien de particulier, p'pa !

– Qu'est-ce que tu as prévu pour ta journée, aujourd'hui ?

Il n'a pas eu le temps d'entendre grand-chose de ma réponse au sujet de la visite et des photos de Laurence. Un client venait d'entrer et Louis est retourné aussitôt à son percolateur. C'était ainsi à l'arrivée de chaque nouveau client.

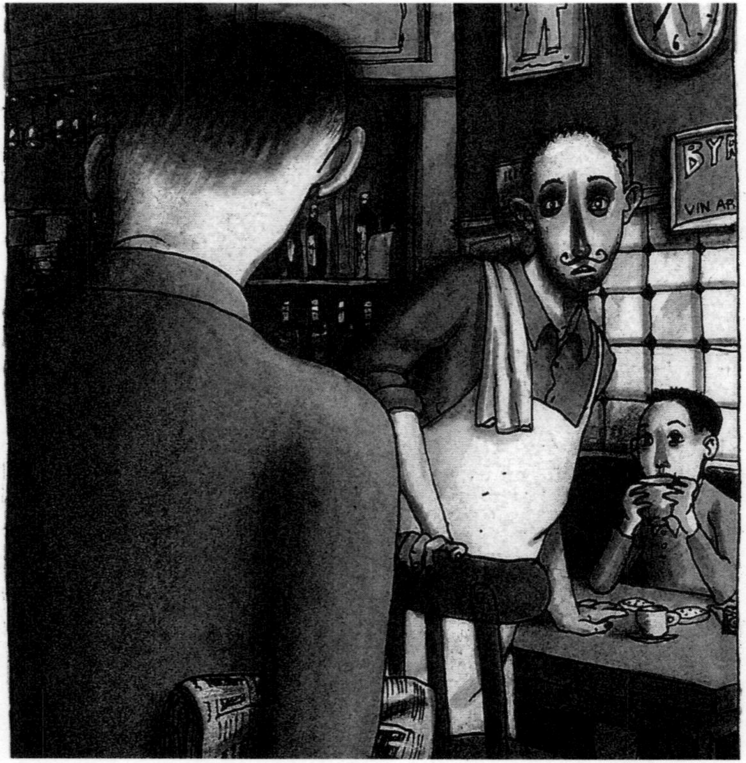

Comme tous les matins, son petit noir allait refroidir sans qu'il y ait touché et sans qu'il soit resté tranquillement assis plus de deux vraies minutes en face de moi.

À l'heure d'ouverture des bureaux et des magasins, le passage des clients était assez important au *Jeanne*. Ici se donnaient rendez-vous quelques secrétaires, des employés de la banque et des vendeuses des quelques magasins de la place. Ils se racontaient le film, l'émission de la veille à la télé ou les anecdotes de leur journée précédente. Les deux quotidiens du matin passaient de main en main et la corbeille de croissants frais se vidait petit à petit. J'aimais cette atmosphère agréable, coincée entre le sommeil et le travail. J'aimais entendre cette gentille politesse avec laquelle ils se souhaitaient tous une bonne journée en passant la porte du *Jeanne*.

Pour Louis, ce moment est toujours un véritable marathon. Avant, lorsque maman était là, il me semble que tout était plus lent, plus tranquille. Depuis trois ans qu'elle est partie, régulièrement, mon père se promet de fermer *Le Jeanne* au moins quinze jours, pour partir un peu en vacances avec moi. Mais il n'a jamais réussi à le faire. Je crois que dans son esprit, ce serait abandonner un peu la mémoire de Jeanne. Comme si le souvenir allait se dissiper avec les vacances...

Une fois mon petit déjeuner terminé, j'ai sorti mon

appareil pour nettoyer l'objectif et préparer mes films en attendant Laurence. Il me restait quatre poses sur la pellicule chargée dans mon boîtier. Il était neuf heures et demie et j'avais encore pas mal de temps avant l'arrivée de la future star du cinéma mondial. J'ai quitté *Le Jeanne*, mon appareil autour du cou. C'était le premier vrai jour du printemps. La lumière était superbe. J'ai flâné en direction du square Verne, espérant tomber sur quelque chose d'intéressant à prendre afin de terminer ma pellicule. Et puis je voulais, comme d'habitude, vérifier si les flics n'étaient pas dans les parages.

Pas d'uniforme sur le boulevard Cerpe.

J'ai fait le tour du pâté de maison. Rien d'intéressant à prendre square Verne. Il était bien trop tôt pour y croiser des mômes et leurs baby-sitters. Juste un clochard qui continuait sa mauvaise nuit sur un banc.

Bredouille d'images et de contractuelles, j'ai décidé de rentrer par la rue Dolto et c'est là que j'ai reconnu la Nevada noire, garée dans la petite impasse Zouarn. J'ai l'œil pour ça. C'était celle de « Propre sur lui ». Pas de doute là-dessus. Hier, j'avais remarqué les quatre vignettes des années successives sur le pare-brise.

Par curiosité, je me suis approché du break. Sur le

siège passager, un sac en plastique d'un magasin de jouets du centre-ville : *Tout pour les fêtes.* « Propre sur lui » était un plaisantin qui fréquentait les boutiques de farces et attrapes, ou alors il avait un môme à qui faire des cadeaux. En souvenir des deux francs de l'Harpagon de la veille, j'ai balancé un coup de pied dans la roue avant de sa bagnole. Piètre vengeance de faible. Et je suis retourné au *Jeanne*.

Il était là. Le nez dans sa bière, assis sur le même tabouret qu'hier soir. Même costume impeccable, même cravate en soie, mêmes lunettes de soleil et juste un long manteau en plus. On aurait dit un de ces gorilles qui protègent les présidents de la République et qu'on voit, à la télé, attraper des torticolis à regarder à gauche ou à droite pour éviter qu'on leur tire dessus.

Lui ne m'a pas vu, ou pas reconnu. Je suis sorti attendre Laurence sur la place. J'avais décidé de prendre ce type en photo quand il sortirait du café. Avec sa drôle de dégaine, cela pouvait être intéressant pour ma série sur le quartier.

Il était un peu plus de dix heures. À cette heure, *Le Jeanne* était vide. Tous les clients l'avaient abandonné pour gagner leur bureau ou leur magasin. Une sorte de calme d'après la tempête. Louis se refaisait un café.

Celui-ci, il le boirait chaud, mais debout et rapidement. Après, il devait filer en cuisine pour commencer à préparer son plat du jour et ses assiettes d'entrées.

Du banc, sous le monument aux morts, dans le zoom de mon appareil, je distinguais mon bonhomme, toujours assis devant sa bière.

La place était déserte. De rares voitures passaient pour filer vers le port. Une mémé promenait son chien, un homme assis sur un banc lisait son journal, c'était tout. Je songeais à Laurence. Je savais que ce n'était pas encore aujourd'hui que j'oserais lui déclarer mes sentiments, mais j'espérais secrètement que cette séance de photos nous rapprocherait un peu plus, nous rendrait complices et amis. L'étape suivante, après la complicité, serait peut-être celle des confidences, enfin viendraient plus tard les secrets, les serments et les promesses. Je voyais le chemin vers elle balisé de cette façon-là et je me sentais capable de triompher de toutes les étapes.

J'ai fait ma mise au point sur l'intérieur du *Jeanne*, pour attraper le plus de détails possible dans mon viseur. J'ai été servi !

Le client à la Nevada noire était au milieu de mon champ et j'ai parfaitement vu la crosse de son arme. Elle dépassait très légèrement de la ceinture de son pantalon. Louis était de l'autre côté du comptoir et rangeait ses étagères de verres. Bien entendu, de cet endroit, il lui était impossible de distinguer le pistolet que je venais d'apercevoir brièvement.

Je restai pétrifié sur mon banc. Il était là pour se faire la caisse ! Il allait braquer mon père et je ne savais pas quoi faire ! Il était venu hier en repérage et maintenant, au moment le plus creux de la matinée, il allait menacer Louis pour même pas cinq cents francs qui somnolaient au fond de son tiroir-caisse.

Désemparé, je me suis levé de mon banc. J'allais me précipiter pour... pour faire quoi ? Lui sauter à la gorge, façon Indiana Jones ? Le désarmer, genre Starsky et Hutch ? Il n'y a qu'à la télé que ça marche ainsi. Dans la réalité, le présentateur déplore une ou deux balles perdues qui ont fauché l'adolescent de presque treize ans... Qu'importe, je voulais tenter quelque chose !

J'ai fait un pas vers le banc du monsieur qui lisait son journal, pour lui demander de l'aide. À deux, nous pourrions mettre ce malfrat en fuite. Mais à ce moment, « Propre sur lui » s'est levé de son tabouret. Je l'ai vu saluer Louis et sortir dans la rue.

J'ai repensé au sac du magasin de farces et attrapes

et je me suis rassis sur mon banc en me traitant d'imbécile. Cette arme était certainement une fausse, un jouet, un briquet ! On ne se balade pas avec une arme dans un quartier comme le mien. Décidément, je lisais trop de romans policiers et écoutais trop attentivement les discussions des clients de mon père qui parlaient d'insécurité à longueur de temps. Heureusement que je n'avais pas dérangé le bonhomme au journal, j'aurais pris une sacrée honte.

Instinctivement, je pris deux photos à la suite. Sur la première, « Propre sur lui » ouvrait la porte du *Jeanne*; sur la seconde, une main dans sa poche, il marchait sur le trottoir. Pas certain que ces clichés soient suffisamment originaux pour entrer dans ma collection sur le quartier, mais ce serait toujours mon petit souvenir d'une belle trouille.

Laurence n'allait plus tarder, j'ai commencé à traverser la place. Je me suis arrêté net. Et les lacets ? Dans ma panique, j'avais oublié cette satanée question des lacets de ses chaussures.

« Propre sur lui » était devant le salon de coiffure. Il marchait lentement en regardant sa montre. Il s'est arrêté devant la banque. Et tout s'est passé très vite. En quatre temps, comme une valse rapide.

Il a enlevé ses lunettes de soleil.

À la place, il a enfilé sur son visage un masque souple de Batman, tiré d'une des poches de son manteau.

Il a sorti son arme.

Il est entré dans la banque.

– Thomas !

J'ai tourné la tête. Laurence était sur le trottoir, non loin de l'entrée du *Jeanne*. Toute souriante, elle me faisait de grands signes. J'ai couru vers elle. Mon appareil photo cognait contre mon thorax.

– C'est pour moi ou pour tes poupées que tu galopes comme ça ? a-t-elle demandé, d'humeur joviale.

Je me sentais complètement perdu et aucun son n'est sorti de ma gorge.

– Bonjour quand même, Thomas ! J'ai tes deux Barbie !

Le coup de feu a déchiré la torpeur de la matinée.

– C'est quoi, ça ? a demandé Laurence en levant le nez par-dessus mon épaule.

– C'est... c'est... c'est un hold-up ! ai-je bégayé.

Elle n'a pas bien compris, ou alors elle ne m'a pas cru.

Batman est sorti en courant de l'agence bancaire,

son pistolet vissé à la main droite et deux sacs en toile dans sa main gauche. Il détalait comme un lapin en direction du *Jeanne*.

Quand l'alarme de la banque a commencé sa chanson, il ne s'est pas retourné.

– Viens vite !

Sans réfléchir, j'ai attrapé Laurence et je l'ai entraînée avec moi vers la rue Dolto. Batman est passé devant nous à toute allure. Là-bas, devant la banque et le salon de coiffure, on commençait à s'agiter sérieusement. J'ai pris une photo des employés sur le trottoir. Si elle était réussie, ce serait excellent pour ma série sur le quartier. Il ne me restait plus qu'une seule pose dans l'appareil. J'ai chopé « Propre sur lui » de dos, détalant vers sa Nevada. À toute vitesse, j'ai rembobiné la pellicule terminée, je l'ai fourrée dans ma poche et j'en ai aussitôt chargé une autre dans mon appareil. Batman était trop loin mais j'ai quand même appuyé deux ou trois fois. Les quelques badauds se plaquant contre les façades au passage d'un voleur masqué pouvaient représenter des clichés assez originaux.

– Tu l'as eu, petit ?

J'ai sursauté. Le bonhomme qui, tout à l'heure, lisait son journal sur la place se tenait juste derrière moi.

– Tu l'as pris avec ton appareil ? m'a-t-il demandé avec un gentil sourire.

– Oui, m'sieur !

– Super scoop, petit ! Raoul Pasteur ! Je suis rédacteur en chef du *Courrier de l'Estuaire*... Tu comptes en faire quoi de tes clichés ?

Sa main était tendue vers moi. Je l'ai serrée mollement.

– Ben, je sais pas ! Ça vous intéresserait ?

– Et comment ! Ça peut mériter une première page ! Si elles sont bonnes, bien entendu !

– Thomas est un excellent photographe ! est intervenue Laurence.

J'avoue que le compliment m'a fait très plaisir, surtout venant d'elle

– On va vérifier ça tout de suite, on pourrait aller au labo du journal, pour les faire développer.

– Mais...

J'étais un peu surpris. Laurence, en revanche, semblait très emballée.

– Thomas, ça doit se vendre vachement cher, ce genre de clichés !

Elle avait essayé de chuchoter mais, prise par son enthousiasme, avait parlé trop fort. Le journaliste avait parfaitement entendu.

– Pour une première page, tu penses, c'est le prix fort, surtout que je peux les revendre à d'autres journaux après ! a acquiescé le bonhomme.

– Il y aura peut-être une photo de nous aussi, comme témoins !

Laurence se voyait déjà en couleurs, entre gros titres et articles de la une.

– Faut voir, pourquoi pas, un témoignage vérité, du vécu de deux jeunes gens placés aux premières loges ! Mais c'est la télé qui va tout faire pour vous avoir ! Vous êtes les témoins principaux !

– La télé !?

Le mot magique, le « sésame ouvre-toi » de Laurence venait d'être lâché. Plus rien n'existait. Pour me faire participer à son enthousiasme, elle a dit :

– Thomas, ça peut nous rapporter gros, c'est une super occasion ! Et puis… je trouve ça assez excitant !

Elle se voyait déjà reine d'un jour dans la cour de récréation. Star internationale, simplement parce qu'elle avait vu sortir un voleur d'une banque.

– Bon, on y va ? Faudrait pas trop traîner, vous allez avoir une journée chargée ! Ma voiture est à deux pas ! a dit, un peu impatient, le rédacteur en chef du *Courrier de l'Estuaire*.

– On devrait peut-être attendre la police ? ai-je bafouillé, un peu inquiet.

– D'abord l'info !

– Ouais, Thomas, d'abord l'info ! a répété Laurence, en me lançant un regard noir, comme si je venais d'émettre la plus imbécile des idées.

Et c'est ainsi que nous nous sommes retrouvés dans cette voiture, une vieille BX. Raoul Pasteur conduisait vite et nous avons croisé une estafette de la police qui fonçait vers la place de la Libération. Nous, nous roulions en direction des quais et des docks.

– C'est où, votre journal ?

– C'est pas loin !

Je pensais qu'il allait prendre la direction du centre-ville, mais au contraire, il s'est engagé le long du fleuve, vers le quartier désaffecté des anciens chantiers. C'était une succession d'entrepôts déserts, d'anciens hangars et de magasins abandonnés au bord du fleuve.

– On arrive !

– Qu'est-ce qu'on fait là ? j'ai demandé.

– Le labo photo qui travaille pour nous est installé dans un hangar. Ils vont nous développer tes photos tout de suite.

Il a garé sa voiture dans une impasse complètement déserte, au pied d'un grand hangar aux murs lépreux. Je trouvais l'endroit lugubre. Laurence aussi. Sans un mot, elle m'a jeté un coup d'œil pas très rassuré.

J'ai pensé que pour un journaliste, c'était un peu drôle qu'il soit obligé de lire son propre journal sur un banc...

J'ai pensé que lui aussi, il était, autant que Laurence et moi, aux premières loges du hold-up de la banque...

J'ai pensé à ce que Louis me répète depuis des années, ce que maman aussi me disait : « N'accepte jamais de suivre quelqu'un que tu ne connais pas ! » Un peu tard, pour penser à tout ça...

– Vous êtes sûr que c'est là, m'sieur ?

– C'est en tout cas ici que vous descendez, tous les deux !

Son ton venait de changer brusquement. Il s'est retourné sur son siège et le canon d'un revolver est venu se coller contre ma joue.

– Toi aussi la petite, tu bouges doucement tes fesses et tu descends de la voiture ! Essaye de jouer les superwoman et j'explose la tête de ton petit copain ! Tu peux gueuler, il n'y a pas un chat à la ronde ! Mais je te conseille pas d'essayer, je deviens méchant quand on m'énerve !

Elle n'a pas essayé. Elle est tombée dans les pommes, comme ça, sur la banquette, sa tête sur mes genoux. Et j'ai bien vu que ce n'était pas du cinéma.

En d'autres circonstances, j'aurais adoré cette proximité des longs cheveux de Laurence contre mes cuisses. Mais là, j'ai fait exactement ce que m'a dit le type. Tout doucement, je suis descendu de la voiture. Le temps qu'il sorte à son tour, il a retiré son arme de mon visage. J'ai réfléchi une seconde à mes chances de me tirer à toutes jambes. Une seconde, pas plus. Pas seulement parce que le canon avait repris son baiser froid contre ma nuque, mais aussi parce que l'impasse était bouchée... par une Nevada noire qui arrivait en trombe.

Je me suis dit que j'étais mal barré. Que ces saloperies de photos allaient me coûter très cher, au contraire de ce qu'avait dit Laurence. Que je risquais effectivement de me retrouver en première page du journal, demain, si je n'arrivais pas à calmer Batman et son copain et qu'en fin de compte, je n'en lisais peut-être pas tant que ça, des romans policiers.

J'ai aussi pensé à Louis, à son angoisse.

Quand on perd sa femme, on est veuf. Quand on perd sa mère, on devient orphelin.

Et quand on perd son fils, c'est quoi le mot ?

La crosse qui m'a assommé m'a évité de me poser la question trop longtemps.

CHAPITRE IV

Prison et armes

Qu'est-ce que je faisais dans ce bateau ?

Bâbord, c'est à gauche ou à droite ? Et tribord ?

Ça tanguait drôlement ! Méchante tempête... et des vagues qui sautent par-dessus le bastingage pour me doucher violemment.

Je suis trempé.

Une eau sale.

C'est pas de l'océan ça !

Laurence ? Je l'ai vue blottie contre un mur. Petite crevette perdue. Elle aussi venait de se faire saucer par la flotte. Avec ses yeux rougis par les larmes et la peur, elle n'avait aucune chance pour son audition à la télé.

Ce n'était ni un bateau, ni un paquet de mer. C'était une cave sombre et le roulis cognait l'arrière de mon crâne. J'ai distingué le seau d'eau qu'on venait de me balancer à la figure. Il pendait au bout de la main de « Propre sur lui ». L'image prenait un peu de netteté. Peu à peu, j'ai fait la mise au point. Mon appareil photo se balançait au bout de la main du type à la BX, celui qui avait prétendu s'appeler Raoul Pasteur. Cette cave était notre prison et nos geôliers étaient debout, face à nous.

– Alors, petit, tu comptais balancer mon portrait aux flics ?

J'ai mis quelques secondes à comprendre que c'était à moi que « Propre sur lui » venait de parler. Il n'avait plus ses lunettes. Derrière lui, l'autre s'énervait en essayant d'ouvrir mon appareil. Il ne trouvait pas le poussoir.

– Donne ça, Jacky ! lui a dit « Propre sur lui » de façon un peu autoritaire, en saisissant mon boîtier.

D'un geste habile, il a fait bâiller le clapet et en a sorti la pellicule. Il l'a déroulée comme un serpentin au-dessus de l'ampoule jaunie du plafonnier et, comme si ça ne suffisait pas à la détruire, il a approché la flamme de son briquet du film voilé. La pellicule a brûlé en quelques secondes. Elle dégageait une odeur âcre chargée de particules noires qui papillonnaient dans la pièce avant d'atterrir à nos pieds ou sur nos vêtements.

– Une bonne chose de faite !

– Ouais ! a fait Jacky en écrasant du pied les cendres un peu collantes, sur le béton du sol.

– Il n'y a plus qu'un problème... c'est vous deux !

Les yeux turquoise de « Propre sur lui » brillaient en nous fixant. Laurence, toujours prostrée contre le mur de la cave, a murmuré :

– S'il vous plaît, je veux rentrer chez moi.

– Pourquoi, petite ? T'es pas bien avec nous ?

Jacky s'essayait à l'humour et il avait l'air d'être le seul à se trouver désopilant. Même « Propre sur lui » préférait garder son sérieux. C'est surtout à lui que je me suis adressé en relevant un peu la tête.

– On n'est pas des zorros ni des donneurs !

– C'est toi qui le dis, petit !

– J'ai jamais pensé vous dénoncer aux flics et puis maintenant que vous avez détruit la pellicule... y'a plus rien contre vous !

Je me suis arrêté net. Jacky s'est approché de moi.

Son arme à la main, il m'a mis en joue, le canon à trente centimètres de ma tête.

– Et ta mémoire, on la brûle comment ? Avec ce briquet-là ?

– Arrête, Jacky, a dit calmement « Propre sur lui ».

– Vos affaires, c'est pas les nôtres... ai-je commencé.

– C'était pas les vôtres ! m'a coupé froidement « Propre sur lui », seulement maintenant, les choses ont changé ! Il y a plus de monde à jouer dans cette partie ! Vous vous êtes invités tout seuls !

Dans les mains de Laurence, le sac en plastique dans lequel étaient glissées les deux poupées Barbie crissa.

– Donne ça ! a ordonné Jacky.

Il a été un peu surpris en les sortant avec tout leur stock de vêtements.

– Tu joues encore à la poupée ? T'as quel âge ?

– Treize ans ! a-t-elle répondu, les yeux baignés de larmes.

Je sais que c'est idiot, mais à cet instant précis, j'ai eu surtout peur qu'elle leur dise que les Barbie m'étaient destinées. Mais Laurence, la voix étouffée par un sanglot, a simplement répété :

– Laissez-nous rentrer chez nous, on ne dira rien à personne, on vous le jure !

– Tu veux rentrer ?

– Oui, s'il vous plaît...

– Mais c'est que ça se paye, un retour à la maison. T'as de quoi payer le voyage, petite ?

J'ai détesté le sourire et le ton presque tendre de « Propre sur lui ». Il s'adressait à nous comme si nous avions sept ou huit ans. J'essayais de lui donner un âge, mais ses changements d'attitude rendaient l'entreprise difficile. Je suppose qu'il avait environ la trentaine, comme son complice.

– Comment t'appelles-tu, petite ?

– Laurence Magne...

– Et toi, le photographe ?

Malgré le coup que j'avais reçu à l'arrière du crâne, je sentais parfaitement ce qui se tramait. J'ai préféré ne pas raconter de mensonges.

– Thomas Legrand...

– Bien, alors écoutez-moi bien, Laurence et Thomas. Vous voyez, la banque, ça ne rapporte pas toujours autant qu'on espère. Bien sûr, on gagne, faut pas se plaindre, mais c'est comme au flipper, on claque pas le jackpot à chaque balle. Et nous, ce qui nous intéresse, c'est justement le jackpot !

– On est des gourmands, nous ! Et on n'a pas peur !

Jacky jouait avec son flingue, histoire de se faire bien comprendre. « Propre sur lui » a repris aussitôt.

– Alors, avant de disparaître un peu de la circulation, on change juste de machine à sous !

– Ouais, bien dit !

Pas de doute, Jacky, frimeur et nerveux, était le plus dangereux des deux. Nous avoir à ses pieds, prostrés et désemparés, semblait l'exciter beaucoup. « Propre sur lui » paraissait se contrôler davantage.

– On a pensé que vos parents auraient certainement très envie de nous payer le voyage et le séjour au soleil. C'est pas une bonne idée, ça ?

– C'est mon idée ! a craché fièrement Jacky. On est des artistes, nous ! Des artistes gourmands ! On s'adapte à la situation ! On invente !

– Et la situation, c'était vous deux dans nos pattes, au moment où vous n'auriez pas dû vous y trouver.

– On n'a rien vu, m'sieur ! On vous connaît pas, on vous a jamais vus ! Je vous promets que vous n'avez rien à craindre de nous.

J'ai dit ça le plus calmement possible, pour essayer de les raisonner, pour qu'ils ne franchissent pas une autre étape dans leur forfait. Mais leur machine infernale était déjà en route et, malgré le calme de l'un d'eux, je sentais qu'ils n'étaient pas prêts à en rester là. Jacky avait dit vrai. S'ils avaient bien préparé le casse de la banque – un à l'intérieur pour l'argent, l'autre à l'extérieur pour prévenir tout danger –, pour Laurence et moi, ils inventaient au fur et à mesure.

– Rien à craindre de vous ? Mais j'en suis sûr, mon petit Thomas ! Tu vois, toi, tu cherches à te faire de l'argent de poche avec les parcmètres, moi je joue beaucoup plus gros !

J'ai été très étonné qu'il se souvienne de moi et de notre première rencontre. Il était sans doute plus malin qu'il n'en avait l'air. J'ai failli dire que moi, ma combine était honnête, mais j'ai préféré me taire. Accuser un gangster d'être un hors-la-loi, ça ne pouvait que l'énerver ou rendre encore plus hilare son excité de copain.

– Tes parents et ceux de ta copine, ils tiennent sûrement à leurs enfants chéris ? Qu'est-ce qu'on donnerait pas pour protéger la prunelle de ses yeux ? T'habites un quartier drôlement rupin[1], dis donc ! T'es né du bon côté de la barrière, c'est pas comme tout le monde.

– Vous vous racontez des histoires ! Mon père...

1. Rupin : très riche, en argot.

– La ferme ! C'est moi qui cause ! a-t-il crié. (Son ton poli n'était qu'une grossière façade.) Tu ne crois pas que tu vas nous raconter ta vie ? On est gourmands et pressés ! Tu comprends ? Allez, t'inquiète pas, quand vos vieux auront craché leur petit paquet de fric, ils seront tellement contents de vous récupérer entiers qu'ils trouveront qu'on n'a pas été assez exigeants !

– Vous êtes fous, vous êtes complètement fous !!!

Laurence avait hurlé si fort que l'un et l'autre se sont arrêtés net, « Propre sur lui » de parler et Jacky, de se marrer. Sans réfléchir, j'ai descendu ma main vers Laurence, pour l'apaiser. J'ai rencontré son genou, elle a saisi mes doigts et les a serrés très fort. Ils étaient trempés de sueur, ou alors c'étaient les miens. Elle a recommencé à pleurer et s'est encore un peu rapprochée de moi.

Le sourire vicieux de Jacky m'a dégoûté.

– Vous gênez pas, les amoureux... un petit câlin, rien de mieux pour se calmer les nerfs.

– Connard !

C'est parti tout seul. Mon insulte a résonné trop fort dans la pièce. Le rictus de Jacky est devenu ignoble. En un élan, il était sur moi. Un fauve. À pleine main, il m'a saisi par les cheveux et mis debout.

– Qu'est-ce que tu as dit, petite merde ? Répète ça et je t'écrase comme une mouche !

Il hurlait de rage, moi de douleur. Il m'arrachait les cheveux. J'étais totalement à sa merci. Dans sa main droite son arme naviguait, menaçante sous mes yeux.

– On me parle pas comme ça ! Personne ! T'entends !

– Oui...

– Mieux que ça !

– Oui, m'sieur !

Violemment, il m'a rejeté contre le mur. C'est le dos qui a cogné, j'ai eu mal, mais je ne voulais pas pleurer devant lui. Surtout ne pas lui accorder ce plaisir.

– Recommence jamais !

– Que tout soit parfaitement clair entre nous ! Nous n'avons rien à perdre et tout à gagner ! C'est simple et sans hésitation ! a dit calmement « Propre sur lui ».

Il a fait un signe à son complice et ils sont sortis de la pièce.

Le temps qu'ils ouvrent et referment la porte en acier, j'ai pu apercevoir la perspective du hangar. De grandes poutrelles et un morceau de la verrière du toit. J'ai photographié cette image dans ma tête, comme si c'était la dernière fois que je voyais le ciel.

Ils ont verrouillé la porte avec un cadenas ou une

chaîne et, de l'extérieur, ils ont éteint la lumière de notre prison. Nous nous sommes retrouvés plongés dans le noir. Il n'y avait plus, en face de nous, qu'un timide rai de lumière, qui dessinait les contours du chambranle de la porte. Je n'ai pas entendu leurs pas s'éloigner, mais j'imagine qu'ils étaient non loin de là pour faire le point sur la suite de ce qui nous attendait.

Nous sommes restés blottis l'un contre l'autre, en silence, en horreur. Et puis Laurence a chuchoté :

– Thomas, j'ai peur...

– Moi aussi, j'ai peur, qu'est-ce que tu crois ?

– Thomas, qu'est-ce qu'on va faire ?

Ce n'était vraiment pas le moment de lui dire que je voulais qu'elle m'embrasse et que cela m'aurait sans doute aidé à surmonter un peu ma peur.

– Je ne sais pas, pour l'instant, ils cherchent à s'organiser. Je suppose qu'ils vont téléphoner chez nous pour annoncer le prix de la rançon.

– Ma mère va me tuer !

– Ta mère va te tuer ? C'est ça qui t'inquiète ?... T'as vraiment de la chance. Tu préfères peut-être que ce soient eux qui s'en chargent ?

– Tu ne crois quand même pas qu'ils...

– Je n'en sais rien ! Mais ils sont moins à l'aise qu'ils

ne le prétendent. Ils avaient la trouille que mes photos les perdent et maintenant, ils se montrent à nous, à visage découvert.

– Et alors ?

– Alors, pour l'instant, ils ont besoin de nous, mais après...

– Après, ils nous libèrent !

– C'est là que j'ai des doutes. Je suis certain qu'ils n'avaient pas prévu de nous embarquer. Ce sont des amateurs à mon avis, ils peuvent perdre les pédales facilement. En nous kidnappant, ils sont allés plus loin qu'ils ne voulaient. Maintenant, ils ne peuvent plus revenir en arrière. C'est ça qui m'inquiète, qu'ils paniquent.

– Il suffit de ne pas les énerver...

– Tu rêves, Laurence. Je te dis qu'eux aussi, ils ont peur ! Bien entendu, devant nous, ils se disent les rois du monde avec leurs flingues, mais quand ils vont devoir bouger, ils risquent de s'affoler, de commettre une erreur... il faudra qu'on sache en profiter.

– Parce que tu comptes t'enfuir ?

– Certainement pas sans toi, Laurence. Mais je ne me laisserai certainement pas trouer la peau sans rien tenter.

– T'es fou ?

– Non... j'ai des trucs importants à faire.

– De quoi tu parles ?

– Eh bien, on avait rendez-vous tous les deux pour te prendre en photo, non ?

– Oui... mais...

– Ça par exemple, c'est le genre de rancard que je ne compte rater pour rien au monde !

Malgré la situation, je sentais que la présence de Laurence me faisait du bien, me donnait de la force. Même si ma peur était aussi forte que la sienne, je savais que seul, je me serais peut-être effondré.

– J'ai pas envie de plaisanter, Thomas !

– Et moi, je n'ai plus envie de pleurer. J'ai fait ça pendant des années et pour une chose bien plus importante que le magot de ces deux ordures. En plus, ils m'ont volé mon appareil.

– Arrête, Thomas, tu ne t'en tireras pas en leur balançant des blagues !

– Bien entendu, mais tu oublies une chose, Laurence. Un détail drôlement important.

– Quoi donc ?

– La pellicule qu'ils ont brûlée, c'est la seconde. La première, elle est...

La lumière s'est allumée brusquement dans la pièce.

Après ce noir presque complet, elle m'a semblé aveuglante. Précédés par un bruit de clefs, les deux hommes sont entrés.

– Fini les bisous, les amoureux !

Jacky m'a jeté un coup d'œil méchant pour prévenir toute nouvelle insulte.

– Laurence, tu m'accompagnes ! a dit « Propre sur lui » en l'attrapant par le bras pour la mettre debout. On va passer un petit coup de fil chez toi, histoire de leur donner de tes nouvelles.

Avant qu'ils ne sortent, l'homme a ajouté :

– Regardez-vous bien tous les deux ! S'il y en a un qui tente de se la jouer héroïque, il condamne l'autre ! C'est clair ?

Il collait Laurence contre lui. Le canon de son pistolet pressait sa tempe.

Laurence s'est mise à hurler, en fermant les yeux.

« Propre sur lui » continuait à répéter, lui aussi en hurlant :

– C'est clair ?! Répondez-moi ! C'est clair ?!

– Arrêtez ! C'est clair ! Je vous jure, vous n'avez rien à craindre, on fera tout ce que vous voulez ! ai-je crié très fort, pour couvrir leurs hurlements.

Cette montée de panique n'a duré que quelques instants, mais elle a eu l'air de plaire énormément à Jacky. « Propre sur lui » s'est radouci aussi vite qu'il s'était énervé. Il a rangé son arme dans sa ceinture et, tout en tenant fermement Laurence par le bras, est sorti de la pièce avec elle. Cette fois-ci, ils ont laissé la porte entrebâillée un peu plus longtemps. Jacky restait là pour me surveiller. De ce que j'ai pu voir, le hangar mesurait facilement cinquante mètres de long. Il y avait une mezzanine qui courait sur toute la longueur du mur de droite et notre prison, que j'avais d'abord prise pour une cave, n'était en fait qu'un débarras. La Nevada noire devait être garée quelque part à l'intérieur du hangar. Je l'ai parfaitement entendue démarrer et sortir.

Toujours dans la pièce, Jacky m'a jeté un regard mauvais quand il s'est rendu compte que j'essayais d'inspecter les lieux à travers la porte entrouverte. Il est allé la fermer, sans la verrouiller, puis est revenu se planter devant moi.

– Tu ne devrais pas rêver de t'enfuir, petit ! Non seulement t'as aucune chance, mais... tu condamnerais à mort ta petite chérie !

– J'ai pas l'intention de m'enfuir.

– Je te préviens, c'est tout ! Aujourd'hui peut devenir ton dernier jour ! À toi de décider !

Il venait de sortir de sa poche un couteau à cran d'arrêt. Il a fait sauter la lame sous mon nez. Accroupi devant moi, Jacky a répété sa menace en postillonnant.

– On te l'a dit, on n'a plus rien à perdre !

Quel est le mot pour dire « hypnotisé » et « terrorisé » à la fois ? Je ne pouvais plus détacher mes yeux de cette lame étincelante. Je sentais l'haleine de mon geôlier m'atteindre en pleine figure. J'ai eu la certitude qu'il n'attendait qu'une chose, que je tente une évasion ou un geste interdit, pour me saigner comme un animal. Ses yeux brillaient autant que sa lame. Il avait envie de faire mal, il transpirait de rage et de haine. J'ai baissé les yeux.

Jacky a mis une petite minute avant de se redresser et de ranger son couteau. Il a allumé une cigarette avec son briquet. Je demeurais accroupi, la tête entre les genoux. Je sentais son regard peser sur moi. Je sentais aussi qu'il détestait attendre le retour de son complice. Il tournait de long en large dans la pièce, comme si c'était lui le prisonnier dans sa cage.

Au bout de dix minutes et de sa deuxième cigarette, il est sorti de la pièce. Il ne tenait plus en place. Peut-être qu'il pensait à se tirer seul avec le magot de la banque et que cette idée le rendait encore plus perplexe ?

De l'extérieur, après avoir cadenassé la porte, il a éteint la lumière. J'ai attendu quelques instants et je me suis levé. Je l'entendais respirer de l'autre côté de la cloison. Doucement, j'ai marché jusqu'au milieu de la pièce. En me haussant sur la pointe des pieds, à tâtons, j'ai trouvé l'ampoule. Elle était encore tiède. Je l'ai dévissée à moitié et je suis retourné m'asseoir. Moi aussi maintenant, il fallait que j'attende.

Attendre quoi ?

Ma chance, pour la saisir, ou bien la mort ?

CHAPITRE V
Dedans et dehors

Tenter de remettre mes idées en place. De faire le point. De calmer l'angoisse. Difficile ! Là, dans le noir, l'humidité et le froid de ma prison, je n'arrivais qu'à une seule conclusion. Il me fallait fuir !

En admettant que les parents de Laurence payent la petite fortune que ces deux ordures leur fixaient et que Louis trouve, à son tour, la somme nécessaire à ma libération – mais je ne voyais pas comment, à moins de mettre en vente *Le Jeanne* –, j'avais le pressentiment que « Propre sur lui » et Jacky ne nous libéreraient jamais.

Pour s'enfuir et quitter la ville, ils nous embarqueraient comme otages. Ensuite, il leur faudrait effacer toutes les traces de leurs méfaits et les traces maintenant, c'était nous !

Ma tête, on aurait dit un flipper électronique. La bille de mes pensées valdinguait dans tous les sens. Si Louis vendait *Le Jeanne* pour me sortir de là, il en mourrait peut-être. Si Jacky et l'autre, comme je le pensais, ne tenaient pas leur parole, il en mourrait à coup sûr. La police n'avait aucune raison de se pointer ici. Si j'attendais des sauveurs en képi, je pouvais les attendre longtemps. Trop longtemps !

Les coups de pouce du hasard, ceux qui arrivent au bon moment pour que tout rentre dans l'ordre, je savais qu'ils étaient réservés aux autres ou aux films de la télé. Le hasard, il avait fait se rencontrer ma mère et une voiture trop rapide. Le hasard, il venait de nous placer, Laurence et moi, sur le chemin de deux braqueurs de banque, prêts à trop en faire, histoire de ramasser encore plus d'argent. Non, attendre que le destin fasse un petit signe, c'était attendre la mort. Et la mort, chez moi, elle s'était déjà invitée toute seule, trois ans auparavant...

Pour cette raison, j'avais dévissé l'ampoule et prévu d'agir, dès le retour de mon amie et de « Propre sur lui ».

De l'autre côté du mur, Jacky s'était remis à marcher de long en large. Sous la porte, à intervalles réguliers, sa silhouette coupait le rai de lumière. Ma vue s'habituait à l'obscurité, le noir des murs devenait gris foncé. Au milieu de la pièce, j'arrivais à distinguer la tache sombre de la pellicule brûlée. J'essayais de détailler ma prison. Pas de fenêtre, pas même un soupirail, juste ce tout petit morceau de mur effondré, là-bas dans un coin.

Sans bouger, je scrutai ce petit tas de gravats. Deux gros yeux écarlates me fixaient. Un frisson glacé et électrique m'a parcouru de la tête aux pieds. J'ai retenu le hurlement dans ma gorge.

Un rat ! Un énorme rat du port. Un monstre brun, bien plus gros qu'un chat. J'en avais déjà vu des pareils, mais de loin, depuis les quais...

Dès qu'il a senti que je l'avais repéré, il a commencé à faire battre sa queue contre le béton du sol... et à s'avancer lentement vers moi. Je n'avais rien sous la main pour me défendre, pas même une pierre. Mes doigts ont rencontré le sac en plastique des Barbie de Laurence. Je l'ai attrapé et jeté entre lui et moi. Le rat s'est arrêté net. Sans reculer. Intrigué, il m'a jeté une espèce de coup d'œil, comme si je lui avais offert à manger mais qu'il ne comprenait pas bien le menu puis, sans plus s'occuper de moi, il a baissé le museau vers le pochon ouvert. Le contenu semblait beaucoup l'intriguer. Il a commencé à farfouiller dedans, d'abord doucement, puis de plus en plus agité.

Le rat venait de mordre dans une des poupées, mais celle-ci restait accrochée à un trou dans le plastique et le fauve refusait de lâcher sa proie. En grognant, il donnait de grands coups de gueule dans tous les sens, pour se tirer du piège, mais il ne réussissait qu'à s'empêtrer davantage dans le sac.

Aveugle, il est allé cogner contre la porte. Je n'avais pas prévu de mettre aussi vite mon intention de fuir à exécution, mais il fallait que je me décide immédiatement.

– Qu'est-ce que t'as ! a demandé Jacky de l'autre côté de la porte.

Je n'ai rien répondu. Le rat continuait son raffut dans la pièce. Jacky allait entrer, avant il allumerait la lumière et je n'avais plus que cette chance pour profiter de l'obscurité de la pièce. La présence du rat était une diversion et peut-être un atout supplémentaire que je pouvais utiliser.

J'ai entendu le cadenas. Aussitôt je me suis tapi contre le mur, près de la porte. Le rat était à cinquante centimètres de mes pieds. La porte s'est ouverte.

– Qu'est-ce que tu veux ?! a lancé Jacky, son revolver au poing.

Surpris par l'obscurité, il a reculé pour atteindre l'interrupteur et le réactionner.

D'un bond, j'ai plongé sur le sac et l'ai saisi à pleines mains. La bête était chaude et folle, bien plus lourde que je ne l'aurais cru. Une griffe a déchiré le dos de ma main, mais moi aussi, j'étais déjà enragé. J'ai balancé le paquet sur Jacky. Il l'a reçu en plein visage.

Instinctivement, pour se protéger, il a levé les mains et le rat, tout aussi effrayé, s'est accroché à lui et, de ses griffes, l'a fait tomber à la renverse. Jacky a lâché son revolver et un coup de feu est parti. Son écho a résonné dans le hangar.

Une chance, celle-là, la saisir...

J'ai foncé dehors.

En passant par-dessus Jacky qui se débattait avec le rat, j'ai shooté dans le revolver et l'ai ramassé un peu plus loin. Là, je me suis retourné. Jacky était debout, le visage en sang, et s'avançait vers moi. Derrière lui, le gros rat, dans une robe en dentelle de plastique, une poupée entre les crocs, détalait en couinant se planquer sous l'escalier métallique de la mezzanine.

Je tremblais. Je détestais tenir cette chose dans ma main. Attraper un rat dans un sac en plastique m'avait paru plus facile que de tenir une arme. J'ai tendu le bras et j'ai visé Jacky. Mon sang battait à toute allure contre mes tempes.

En face, Jacky s'est arrêté net. Statufié.

– Fais pas le con, Thomas ! Ça part tout seul, ces machins-là !

Je ne sais pas qui des deux avait le plus peur. Si je n'ai pas parlé, c'est que je sentais que si j'ouvrais la bouche, j'allais non seulement bégayer, mais probablement me mettre à pleurer.

– Pense à ta copine, Thomas ! Elle va payer pour vous deux !

J'ai marché à reculons, tout doucement, vers le fond du hangar. Mon arme était toujours braquée vers Jacky mais il avançait dans ma direction, au même rythme que moi. Je crois que cet âne sentait que je ne saurais jamais appuyer sur la gâchette.

La porte derrière moi devait être celle de l'impasse par laquelle ils nous avaient amenés ici. Dans dix mètres, j'y étais. Après, il faudrait foncer comme un fou vers une cabine téléphonique. Appeler la police. Qu'ils viennent vite pour sauver Laurence. Qu'ils rappliquent, tous les Navarros, tous les Colombos de la planète, avec des hélicoptères, des armées de policiers, des ambulances, des hôpitaux entiers, qu'ils viennent la sortir de là.

Plus que trois mètres et j'étais dehors. Sauvé.

J'y étais presque. Jacky me regardait continuer à reculer. Pas à pas et mains en l'air, il avançait toujours. J'ai cru distinguer un sourire sur ses lèvres, je n'ai pas compris pourquoi.

Mon dos a cogné dans la porte. Sans me retourner, j'ai cherché le loquet pour l'ouvrir. À cet instant, j'ai entendu la Nevada entrer, à l'autre bout du hangar.

Ça a recommencé à jouer au flipper dans ma tête. Si l'entrée était là-bas, où donc donnait la porte derrière moi ? Si je perdais du temps, Jacky allait tenter quelque chose pour me désarmer et « Propre sur lui » serait là pour l'aider. Si je fuyais, que feraient-ils à Laurence ?

Au volant, « Propre sur lui » m'a vu et a évalué la situation. Il a effectué un virage à 160 degrés, fait rugir son bolide et foncé sur moi. La voiture traversa le grand hangar dans un vacarme assourdissant.

J'ai pensé à maman. Est-ce qu'elle avait vu la voiture déraper, ou simplement senti le choc au dernier moment ?

J'ai vu Laurence assise à côté du conducteur. Sa bouche était grande ouverte, mais je n'entendais pas son cri. Laurence, elle était dans l'obus qui allait m'écraser. J'ai vu Jacky plonger par terre pour laisser le champ à la Nevada. Ma main gauche a trouvé la poignée dans mon dos.

Tirer et risquer de blesser Laurence... je ne pouvais pas. J'ai ouvert la porte. J'ai vu Laurence se jeter sur le volant pour dévier la trajectoire de cette bombe qui me fonçait dessus. La suite, je n'ai pas vu. J'ai entendu le dérapage et le choc de la voiture contre un pilier. Ce que j'ai vu par contre, c'est ce qui m'attendait de l'autre côté de la porte.

L'horreur !

Jacky savait. C'est pour cette raison qu'il avait eu ce mauvais sourire en me voyant reculer par là.

La porte que j'avais prise pour celle de l'impasse donnait sur une cour intérieure, fermée par des murs hauts de trois mètres. Après l'épisode du rat, je venais de m'engouffrer dans une souricière. Le temps que je me remette de cette mauvaise surprise, j'ai entendu que l'on bloquait la porte dans mon dos. Je croyais m'enfuir, je n'avais fait que changer de prison... et j'avais abandonné Laurence.

La cour était pleine de vieux bidons d'essence entassés en équilibre instable sur des palettes de bois. Contre un des murs, un tas de plaques de tôle épaisse finissait de rouiller. Cette cour devait avoir servi de dépotoir au hangar, au temps où il faisait office de chantier ou de garage à la réparation navale. Personne n'avait dû mettre les pieds ici depuis des lustres et personne ne viendrait m'y chercher avant longtemps.

Ici, je pouvais mourir deux fois de faim, de soif ou de fatigue.

De tristesse, aussi.

J'ai poussé les bidons vides au milieu de la cour et j'ai commencé à empiler les palettes en bois les unes sur les autres, au bord du mur qui grimpait vers le toit du hangar. C'était insuffisant, je n'avais réussi à gagner qu'un mètre sur la hauteur du mur et à me mettre en nage. Alors, j'ai roulé un bidon jusqu'au bord de ce petit édifice. Je l'ai fait sans trop de difficulté, mais ensuite, marche à marche, il a fallu le faire monter sur la dernière palette. C'était un travail de titan pour moi. J'étais à bout de souffle lorsque le bidon s'est enfin retrouvé en équilibre au sommet de cette espèce de pyramide.

Tout doucement, pour que tout ne s'écroule pas, je suis monté sur le bidon. Il me manquait encore vingt centimètres pour attraper la plus basse des poutrelles de la grande verrière. Je suis à nouveau redescendu de ma construction. Épuisé, je voulais m'asseoir pour reprendre mon souffle mais j'ai entendu, perçant de l'intérieur du hangar, le cri de Laurence.

– Thomas !!!

Ce n'était pas le moment de se reposer. J'ai cherché, mais il n'y avait plus rien que je puisse déplacer dans le tas de ferraille.

Je paniquais. L'appel déchirant de Laurence n'avait résonné qu'une fois et, à présent, le silence du hangar m'inquiétait davantage. Les deux types pouvaient décider de m'abandonner là et de s'enfuir avec elle. Quand on les retrouverait – si on les retrouvait –, où serait-elle ? Et dans quel état ?

Tant pis, il n'y avait qu'une solution. Je suis remonté sur mon bidon avec précaution. Mes allers et retours avaient modifié son équilibre. Il tremblait dangereusement sous mes jambes... qui tremblaient tout autant.

Vingt centimètres, ce n'était vraiment pas grand-chose. Il suffisait de sauter en l'air et de s'accrocher à la poutre d'acier. Après cela... il me faudrait me rétablir et me soulever à la force des bras, au-dessus du bord du mur. La gouttière du toit devait être derrière cette poutrelle. Ensuite, grâce aux croisillons qui bardaient la verrière, je pourrais sans trop de problèmes jouer les chats de gouttières.

Vingt centimètres... j'avais bien dû réussir des exercices plus difficiles en gym... Oui, mais en gym, en bas de la poutre, il y a les copains qui encouragent, les filles qui regardent et surtout un tapis épais, pas un bidon rouillé et des palettes hérissées de clous...

Respirer.

Ne pas regarder en bas.

J'ai sauté.

Mes mains se sont soudées à la poutrelle mais, dans mon élan, tout mon édifice a dégringolé dans la cour. Accroché au-dessus du vide, je n'avais plus aucun moyen de reculer.

Je me suis affolé. Peur de la crampe. Peur du vide. Peur de tomber et de me fracasser le crâne trois mètres plus bas sur les planches et les tôles. Peur de tout.

J'ai pensé que si Louis était déjà au courant de ma disparition, lui aussi naviguait dans un océan d'inquiétude et que c'était peut-être pire encore que mes peurs et mon vertige. J'ai pris ma respiration, bandé mes muscles et me suis redressé, centimètre par centimètre, jusqu'au-dessus de la poutrelle d'acier. Je dégoulinais de sueur et sentais mon cœur jouer à toute allure les triples croches d'une musique terriblement angoissante. Courage, Thomas, encore un effort. Pour Laurence, pour Louis et d'abord pour toi, courage !

Au prix d'une ultime traction, j'ai réussi à passer ma jambe droite dans la gouttière du toit. Mon autre jambe pesait des tonnes, comme si tout mon sang était venu s'agglutiner là, au-dessus du vide. J'ai pris mon élan. Je n'avais le droit qu'à un seul essai. J'ai balancé tout mon corps vers la gouttière. C'est passé, ma jambe de trois tonnes aussi. Je me suis retrouvé étalé dans les crottes de mouettes, les débris de rouille et de mousse de la gouttière, mais c'était tellement merveilleux de se sentir entier.

J'aurais pu hurler de joie et de rage. Je n'en avais plus le souffle.

CHAPITRE VI

Eau et feu

L'estuaire s'étendait devant moi. Large et généreux, le fleuve se préparait à son mariage avec l'océan. Une légère brise chargée de senteurs marines arrivait par l'ouest et battait le fronton du hangar. Sur la rive en face, au sommet de la colline du bois des Griffons, le « rocher de Sabine » étincelait sous la générosité de ce premier soleil de printemps. Cela aurait fait une très belle photo, seulement je n'étais pas là pour le panorama...

J'ai mis un peu de temps à trouver mes appuis dans la gouttière du toit. Pour réussir à redescendre dans la rue et foncer chercher du secours, il me fallait contourner tout le hangar par le toit. De l'autre côté, j'avais une chance de me faire remarquer par des voitures ou des passants, au moins de trouver des murs ou des toits moins hauts, afin de regagner le sol. Après cela, si je m'en sortais, je pourrais sans problème m'inscrire pour un passage à *Fort Boyard*.

J'ai commencé à gravir la verrière en pente. C'était à chaque pas de plus en plus haut, mais la verrière était bardée de poutres entrecroisées et il suffisait de ne pas marcher sur les vieilles plaques de verre glissantes.

J'ai progressé ainsi quelques minutes lorsque je me suis retrouvé exactement à l'aplomb de la Nevada dans le hangar. Comme je l'avais supposé, elle s'était encastrée entre deux piliers. Le capot avant avait volé un peu plus loin et la voiture baignait dans une grosse tache d'huile ou d'essence. J'ai bien observé tout ce que je pouvais distinguer dans ce coin du hangar, mais il n'y avait aucune trace de Laurence, ni des deux gangsters. Ils avaient dû l'enfermer à nouveau dans la cave au rat. Ce calme ne me rassurait pas et j'ai repris aussitôt ma progression vers le sommet de la verrière.

À présent, il me fallait redescendre. Mais l'entreprise serait beaucoup plus facile. Une passerelle étroite menait de la faîtière du toit vers l'autre bout du hangar. Elle avait sans doute été posée pour faciliter les déplacements des couvreurs, lorsque le bâtiment servait encore. Après ce que je venais de parcourir et de réussir, cette passerelle, pour moi, c'était l'autoroute.

J'avançais doucement, craignant de faire résonner l'acier de la passerelle dans le hangar. Au bout, il y aurait la rue, peut-être même une échelle pour y descendre. Courage.

Je me suis arrêté au bord d'une fenêtre découpée dans le toit, pour ausculter une nouvelle fois l'intérieur du hangar. La Nevada cabossée qui saignait de son essence était bien entendu toujours là, mais cette fois-ci, j'ai pu aussi repérer Jacky. Il était occupé à entasser des planches contre la porte de la cour par laquelle je m'étais enfui tout à l'heure. Son visage portait encore les marques des griffes du rat et il transpirait. Son pistolet, coincé dans sa ceinture, cognait contre son ventre à chacun de ses mouvements.

À un moment donné, Jacky s'est épongé le front avec sa manche et a relevé la tête dans ma direction. Immédiatement, je me suis plaqué contre la poutrelle en espérant qu'il ne me repère pas. Mais quelque chose devait l'intriguer, car il a placé sa main en visière sur son front et continué à examiner la verrière. Il ne pouvait pas ne pas me voir. À moins que... le soleil était à l'aplomb du toit et à travers les vitres, il éblouissait le guetteur. Je l'ai vu se frotter les yeux et reprendre son manège.

Une fois les planches entassées, il a transporté deux jerricans d'essence au pied de ce bûcher et en a vidé sur cet amas. Il a laissé l'autre jerrican à proximité sans y toucher. Pourquoi ce feu de joie en préparation, sinon parce qu'ils avaient décidé de tout faire cramer et surtout moi avec, dans la cour ? À l'autre bout du hangar, j'ai aperçu la cellule où Laurence se morfondait peut-être. Pas de trace du complice.

Plus que jamais, il me fallait faire vite.

Vite, mais délicatement et sans bruit.

Il y avait une échelle au bout de la passerelle. Elle était rongée par la rouille et s'enfonçait à pic, dans un coin de l'impasse par laquelle nous étions arrivés. Je suis descendu tout doucement et j'ai sauté victorieux sur le sol.

La rue, dehors !

Sauvé !

C'est à cet instant que « Propre sur lui » m'est tombé dessus, par-derrière.

– Alors, on te manquait tant que ça, Thomas ?

Son bras m'a enserré la gorge et j'ai senti le canon d'un pistolet enfoncer mes côtes.

Tout est allé très vite dans ma tête. J'avais une arme dans ma poche, j'avais aussi la première pellicule de photos. Celle que j'avais terminée en le prenant sortant du *Jeanne*, puis galopant après son hold-up. J'allais payer le prix fort cette pellicule et ma fuite. J'allais payer aussi le rat qui avait amoché Jacky. J'allais mourir.

Je me suis débattu. Il a serré davantage mon cou. Il avait encore des réserves de force, moi, je n'avais plus grand-chose pour lui résister.

Je suffoquais.

Jacky était dans le hangar, préparant son incendie. Il avait une arme, je l'avais vue. L'autre revolver, c'était moi qui l'avais. Il n'y avait peut-être rien dans mon dos.

Peut-être.

Il m'étranglait. Ils avaient décidé de me tuer en déclenchant un incendie au moment de leur fuite. Il pouvait tout aussi bien le faire maintenant.

Mon dernier jour, ma dernière heure, mon dernier souffle, à une semaine de mes treize ans...

Le sang n'affluait plus dans ma tête. Je n'avais pas fait tout ça pour claquer là, entre les mains de cette ordure qui faisait durer mon agonie.

– Tu te crois malin, petit con ? Ta maman va avoir du temps pour pleurer son petit Thomas chéri ! Hein, t'as pensé au chagrin de ton papa et de ta maman ?

Cette phrase a été comme un déclic. Ma main a trouvé la crosse. Les forces me manquaient, mais j'ai réussi à tirer l'arme de ma poche pour la diriger derrière moi.

Il m'asphyxiait. Suffit les larmes, je voulais vivre. J'ai pressé la détente. L'étreinte s'est desserrée et j'ai roulé par terre en toussant.

« Propre sur lui » était toujours debout. Hébété, il me regardait sans comprendre. De son ventre s'échappait un long filet de sang qui tachait déjà sa chemise et le haut de son pantalon. Il a fait un pas, puis un autre. L'arme était tombée entre nous. Il a voulu la ramasser. Je ne pouvais plus bouger, ce coup de feu m'avait demandé trop d'efforts. Je n'étais plus qu'un râle crachant, toussant, cherchant un peu d'air pour mes poumons. Il s'est baissé, pour mettre un genou à terre. J'ai rampé en arrière, toujours en toussant. Il a approché sa main du flingue, a levé son regard sur moi et... a basculé le nez en avant. La rencontre de son crâne avec le pavé a fait un bruit mat, presque doux.

Pour récupérer le revolver, il m'aurait fallu faire

rouler son corps. Je n'en ai pas eu le courage. Sur l'estuaire, une péniche a fait résonner sa corne. Elle m'appelait à la liberté.

Je pouvais déguerpir d'ici, mais il y avait Laurence et, à présent, je n'avais plus le temps de prévenir qui que ce soit pour lui venir en aide. Jacky avait sans doute entendu le coup de feu, il était sur ses gardes.

Laurence... pas question de l'abandonner ici. Jacky allait l'utiliser pour couvrir sa fuite. Il me fallait retourner dans ce hangar que j'avais mis tant d'efforts à quitter.

J'ai poussé la porte. La cellule était ouverte, c'est la première chose que j'ai vue en entrant dans le grand hangar. Si je l'ai vu si vite, c'est parce que j'ai entendu Laurence crier. Jacky la tenait par le bras et la forçait à avancer vers la Nevada scalpée de son capot avant. Laurence résistait et se débattait comme elle pouvait.

Courir vers eux pour jouer les héros ? Je n'avais pas la moindre chance. Jacky disposait du butin de la banque pour lui tout seul et Laurence lui servait de bouclier et de passeport pour protéger sa fuite. Une fois à l'abri, il la ferait disparaître sans le moindre scrupule.

Quelque chose clochait dans son attitude. Pourquoi

Jacky se dirigeait-il vers cette voiture immobilisée alors que seule sa BX, garée sous un préau du bâtiment, pouvait lui donner une chance de s'échapper ?

Ça n'avait pas de sens !

Mais si, bien sûr !

J'ai atteint la Nevada avant lui. Les deux sacs de la banque étaient déposés au pied de la banquette arrière. Voilà donc pourquoi il lui fallait d'abord passer par là. Le fric !

J'ai attrapé les deux sacs et je me suis éloigné à toute allure, en slalomant entre les poteaux. Dès que Jacky m'a vu, il a tiré, mais Laurence se débattait trop pour qu'il puisse faire mouche. J'ai foncé vers une zone sombre du hangar, sous la mezzanine. À pas de loup, j'ai grimpé l'escalier en colimaçon qui permettait d'atteindre l'étage.

Là-bas, Laurence se débattait comme elle pouvait et, pour la calmer, Jacky lui a placé son arme sur la tempe.

J'ai déposé les sacs de la banque à mes pieds et j'ai essayé d'évaluer mes chances. D'ici, je dominais toute la perspective du hangar. Comme un couple de danseurs oubliés sur la piste, Jacky et Laurence pivotaient sur eux-mêmes.

Entre eux et moi, la Nevada ressemblait déjà à un squelette abandonné.

Jacky a crié dans ma direction.

– Thomas !!!

Mon prénom a résonné pendant une éternité. Il dribblait les piliers pour rebondir contre les parois.

– Thomas !!! Regarde bien, c'est toi qui l'as condamnée !

Terrorisée, Laurence avait fermé les yeux, comme si elle s'était résignée.

– Si tu veux revoir l'argent, tu la libères immédiatement !

Moi aussi, j'avais essayé de crier très fort, mais ma voix, comparée à la sienne, m'a semblé ridicule, trop aiguë.

Pour toute réponse, il a tiré dans ma direction. La balle a fait exploser une vitre, largement sur ma gauche. En rampant, je me suis éloigné de l'escalier. Le sol était jonché de vieux boulons rouillés, j'en ai ramassé quelques-uns.

– Tu voulais une rançon, c'est moi qui te la paye ! Si tu la libères, tu auras ton fric ! Après, tu prendras le large où tu voudras !

Il a tiré encore une fois, très approximativement.

J'ai balancé un boulon loin derrière eux. Le choc sur le béton l'a surpris et, instinctivement, il a encore tiré. Il était comme un fauve.

Il tournait, me cherchait, traînant Laurence comme une poupée de chiffon contre lui. Il hésitait. Ça l'énervait, de ne pas me dénicher dans la pénombre. Toujours en rampant, je suis retourné vers l'escalier. J'ai saisi un sac et l'ai jeté par-dessus la rampe. Avec un bruit sourd, il a atterri à deux mètres de la Nevada.

Je me suis planqué et j'ai crié à nouveau :

– Le deuxième, quand tu l'auras laissée partir !

J'ai immédiatement pensé que je venais de commettre une erreur fatale. Jacky pouvait très bien ramasser cet argent et s'enfuir avec Laurence.

En voulant l'appâter, comme un imbécile, je venais de lui remettre sa part du hold-up.

Effectivement, il s'approchait tout doucement du sac. Du pied, il l'a fait rouler, comme si c'était le cadavre d'un animal. Pour le saisir, il devait lâcher Laurence. Mais il l'a fait si vite que son arme est restée collée contre elle.

– S'il vous plaît, s'il vous plaît ! sanglotait mon amie.

– Avance vers la BX ! a ordonné Jacky à Laurence.

Je n'avais plus qu'une seule chance. J'ai attrapé le

second sac et je l'ai expédié à peu près au même endroit où avait atterri le précédent.

Surpris de cette nouvelle aubaine, Jacky s'est arrêté. Il a reculé brusquement et Laurence en a profité pour déguerpir sur la droite en le bousculant. Elle a contourné la Nevada et plongé derrière un pilier. Jacky, déséquilibré, a tiré sur elle sans viser.

Trop bas.

Beaucoup trop bas. Trop près de la flaque d'essence aussi. La balle s'est arrêtée à l'avant de la voiture et l'explosion a été terrible. Le hangar a tremblé comme un monstre qui se réveille en sursaut. Tel un geyser, une flamme s'est dressée jusqu'au toit.

Il a plu du verre. En quelques secondes, tout brûlait.

Une longue langue de feu avait couru de la voiture jusqu'au bûcher préparé contre la porte de la cour. La fumée devenait noire et épaisse. L'atmosphère était suffocante et je ne distinguais plus rien en bas. Sans me préoccuper de Jacky, j'ai dévalé l'escalier et j'ai foncé dans la direction que Laurence avait prise.

Le pilier l'avait protégée du souffle de la déflagration, mais elle était étendue par terre et drôlement sonnée. Une partie de sa chevelure avait brûlé sous la chaleur.

Le feu grouillait partout. C'était une meute qui

cherchait à mordre. Des billets enflammés voletaient dans l'air autour de nous. J'ai aidé mon amie à se redresser et je l'ai soutenue pour tenter de gagner la sortie au plus vite.

Ce n'est qu'arrivé à côté de la BX que je me suis retourné vers l'intérieur du hangar. Là-bas, Jacky tentait de récupérer un des deux sacs de la banque, celui que les flammes n'avaient pas encore attaqué. Il titubait sous la chaleur. Ses gestes étaient maladroits, il étouffait. La seconde explosion l'a projeté dans le feu alors qu'il venait de réussir enfin à s'emparer de l'argent.

Trop gourmand. Il l'avait dit lui-même.

Épilogue

Les pompiers nous ont trouvés blottis l'un contre l'autre, sur un banc du quai Hichour, face au fleuve. Laurence n'avait pas arrêté de pleurer depuis que nous étions sortis de cet enfer. Ses sanglots la faisaient trembler, comme un épuisant hoquet qui n'en finit pas. J'avais beau répéter : « C'est fini, c'est fini maintenant », elle faisait « oui » de la tête, reprenait sa respiration, revenait se lover un peu plus contre moi et repartait en sanglots. Elle répétait : « Thomas, Thomas », et je crois bien que sa détresse était si grande et si visible qu'il n'y avait plus de place pour que je lui montre la mienne.

Après les questions des pompiers, il a fallu supporter celles de la police. Elles étaient à peu près les mêmes. Au commissariat, ils nous ont interrogés séparément, chacun dans un bureau différent.

De mon côté, j'ai tout raconté aux inspecteurs et en détail, comme je viens de le faire. D'abord, je leur ai parlé de Jeanne et de Louis, mais ça ne les intéressait pas du tout. Ils ont souri un peu quand je leur ai expliqué ma combine des horodateurs et lorsque j'ai parlé des photos. En revanche, lorsque je leur ai tendu la pellicule que j'avais gardée dans ma poche, ils l'ont immédiatement envoyée au développement et m'ont rendu mon appareil. Il était caché dans le coffre de la BX de Jacky.

J'ai compris que dans les décombres, ils avaient retrouvé les restes calcinés de ce qui pouvait avoir été une poupée Barbie et aussi les fragments d'une balle sous la Nevada. Mais en dépit de tous ces signes qui confirmaient mon récit, les policiers semblaient douter de mes explications.

C'était long, de tout raconter. Il a fallu recommencer à trois reprises. De temps à autre, un des inspecteurs s'absentait. Je suppose qu'il allait vérifier si ce que Laurence leur avait dit correspondait à ma déposition.

J'avais tué un homme et pas n'importe qui.

Jacky et « Propre sur lui » – qui s'appelait en réalité Christophe Aubin – étaient tous deux des fils de familles bien connues et respectables de la ville.

J'ai attendu encore, dans un bureau. Louis, qui se morfondait depuis des heures dans un couloir, a enfin eu le droit de m'y rejoindre. Il n'a rien dit, rien demandé. Il m'a pris dans ses bras et serré fort. Très fort.

Il a fallu que le vendeur du magasin *Tout pour les fêtes* reconnaisse formellement en Aubin son acheteur de masque de Batman pour qu'enfin on me relâche, après m'avoir fait signer les longues pages de ma déposition.

Pour nous éviter les journalistes, les policiers nous ont fait sortir du commissariat par une porte dérobée. Je suppose que si Louis, à son tour, ne m'a pas demandé de lui raconter cette journée d'enfer, c'est qu'un inspecteur s'en était déjà chargé. Je crois surtout qu'il sentait à quel point j'avais envie d'avoir la paix.

Alors que je me glissais dans le bain qu'il venait de me faire couler, je l'ai entendu me crier, depuis la cuisine, qu'il nous préparait un vrai festin pour tous les deux. C'est tout ce dont je me souvienne, je me suis endormi dans la baignoire.

Il n'y a pas eu classe pour moi le lendemain, ni les jours suivants. Pour la première fois depuis un peu plus de trois ans, Louis a décidé de fermer *Le Jeanne* et de m'emmener avec lui passer deux vraies semaines de vacances sur la côte, dans une maison qu'on lui avait prêtée.

Nous allions à la pêche et passions des heures à nous épuiser sur les chemins de douaniers qui longeaient la côte. C'était un plaisir simple qu'il nous avait refusé, à lui et moi, depuis si longtemps.

Le mercredi matin, sur la table du petit déjeuner, j'ai trouvé un énorme paquet posé devant mon bol. Louis, assis de l'autre côté de la table, souriait, aussi gêné que moi. Je n'ai rien su dire, sinon me mettre à pleurnicher lorsque j'ai sorti l'agrandisseur de son carton.

– Je me suis renseigné avant de choisir ! Je ne voulais pas te décevoir ! a-t-il dit, comme s'il devait justifier son choix.

– C'est mieux que tout ce que... T'es fou, ça a dû te coûter une fortune. Comment as-tu fait pour... ?

Je n'ai pas pu continuer. J'étais dans ses bras et je pleurais en silence.

– Ne t'inquiète pas pour ça, Thomas, cela fait un bon moment que je te préparais cette surprise !

Je ne savais pas lui dire comme je l'aimais, comme maman me manquait, comme je voulais que nous chassions dorénavant le malheur. Il a regardé ailleurs pour me cacher ses propres larmes et m'a dit :

– Tu vas avoir l'air malin, si tu as les yeux rouges.

– Les tiens aussi sont rouges ! j'ai dit en riant.

– Oui, mais toi, tu vas avoir de la visite. Alors, file vite te préparer !

Laurence est arrivée en fin de matinée, par le car. Louis est allé la chercher à la gare routière sans rien me dire.

Elle avait coupé ses cheveux très court et j'ai trouvé qu'elle était encore plus belle. J'ai réussi à le lui dire sans trop rougir. À la fin du repas, elle m'a offert, sous l'œil amusé de Louis, un magnifique livre sur l'histoire de la photographie. Je l'ai remerciée en bégayant et en déposant un baiser amical sur la joue qu'elle me tendait.

Il y a eu aussi un gâteau, des bougies, un « HEUREUX ANNIVERSAIAIAIAIRE, THOMAS » chanté un peu faux, des rires et quelques silences.

Après le repas, nous nous sommes promenés tous les deux sur la côte sauvage. Elle allait reprendre le collège le lendemain et me semblait assez bien remise de ses émotions. Elle m'avait apporté des coupures de journaux qui parlaient de nous, je n'ai pas voulu les lire. Elle m'a annoncé fièrement que deux de mes clichés étaient passés en première page et que j'allais probablement être payé pour ces parutions. Je lui ai répondu que je ne demandais rien.

Elle n'arrêtait pas de parler et moi, j'avais envie qu'elle m'embrasse. Je ne savais pas comment le lui dire. Je voulais qu'elle me prenne dans ses bras. Pas par peur comme dans le hangar, mais par envie.

Elle m'a parlé des autres en classe qui lui avaient rendu visite et qui étaient fiers de moi, disait-elle. Avec coquetterie, elle a aussi cité ceux qui, à son avis, étaient jaloux de ma chance de m'être retrouvé avec elle, aussi proche.

J'ai ri, comme un imbécile, un peu timide.

– Tu sais, Thomas, moi aussi, je crois que t'es vachement courageux. Tu m'as sauvé la vie !

– J'ai sauvé la mienne et je n'aurais pas su le faire si tu n'avais pas été là.

Elle s'est arrêtée de marcher. Voilà, elle allait se tourner vers moi, m'enlacer, m'embrasser. J'allais enfin pouvoir lui avouer tout ce que j'éprouvais pour elle.

Elle fixait les langues d'écume qui sautaient sur les rochers. Elle s'est tournée vers moi, mais pas pour une étreinte.

– Il y a juste un problème ! a-t-elle dit d'un ton sérieux.

– Ah ? ai-je fait, contrarié. Tu sais, j'en ai un peu marre des problèmes.

– C'est l'histoire des poupées. Ils disent que tu joues à la poupée !

– Qui dit ça ?

– Un peu tout le monde, en classe.

– Laisse-les dire... ça n'a pas d'importance !

– Pour moi, si ! Thomas, explique-moi, ces poupées, qu'est-ce que tu voulais en faire ?

– Mais je te l'ai dit, c'était pour des photos ! À l'occasion de l'ouverture du musée du Jouet, la ville a organisé un concours de photos pour faire une affiche. Chez moi, j'avais monté tout un décor avec mes camions et mes voitures de quand j'étais petit, des soldats, des billes, enfin plein de trucs, mais il me manquait une ou deux poupées pour compléter le tableau... alors...

– C'était seulement pour ça ?

Elle avait l'air surprise et rassurée à la fois.

– Bien sûr ! Il y avait pas mal d'argent pour le gagnant !

– Quand tu rentreras, tu leur expliqueras, Thomas ! Tu leur diras qu'ils racontent n'importe quoi sur ton compte !

– Non !

Un peu étonnée par ma réponse, elle m'a regardé en face. J'ai essayé de lui expliquer.

– Mercredi, dans le hangar, j'ai eu peur à chaque instant. J'avais l'impression que mon dernier jour, ma dernière heure avait sonné !

– Je sais ça, Thomas, moi aussi !

– Je crois qu'en fin de compte, mercredi, cela a été vraiment mon dernier jour d'enfant ! C'est comme si j'étais passé d'un coup chez les adultes et c'est pas une question de nombre de bougies sur un gâteau ! Que les autres croient tout ce qu'ils veulent, je ne les détromperai pas !

– Je comprends ! a-t-elle dit.

– Je ne sais pas !

– Si, je crois que tu as raison. On passe tellement de temps à se préoccuper de tout ce que les autres pensent de vous... enfin, moi, je perds pas de temps à ça...

– Je ne veux plus avoir peur de tout, comme avant !... Mais c'est plus difficile que je ne le dis.

– Thomas ? Et en ce moment, est-ce que tu as peur de quelque chose ?

– Je ne sais pas... oui, je crois que j'ai peur que tu t'en ailles.

Cette fois-ci, je n'ai pas pu m'empêcher de rougir jusqu'aux oreilles.

– Même si je m'en vais tout à l'heure, je te retrouverai très bientôt, j'en ai besoin moi aussi.

Et elle a ajouté :

– On sonne pareil tous les deux !

On sonne pareil ? Je trouvais ça joli, mais qu'est-ce qu'elle voulait dire, que dorénavant nous étions de très bons amis ? Seulement ça ?

C'est d'abord sa main qui a répondu. Elle venait de saisir la mienne. Laurence s'est serrée contre moi. Ses lèvres se sont ouvertes. Tendres et humides, elles se sont posées sur les miennes.

Cela a duré. Même l'océan a voulu se faire discret, du moins je crois. Je n'ai plus du tout entendu les vagues se fracasser sur les rochers.

Est-ce qu'il y a un mot pour dire la peur et l'envie à la fois ? Au fond, je m'en moque.

Table des matières

Hubert Ben Kemoun

Hubert Ben Kemoun vit à Nantes, sur les rives de l'estuaire de la Loire. Auteur pendant douze ans de dramatiques policières et fantastiques pour la radio, il écrit également pour le théâtre, notamment des comédies musicales. Si le noir est un de ses domaines préférés, HBK utilise pour commettre ses crimes toutes les couleurs de l'arc-en-ciel, des plus douces au plus sombres.

Du même auteur aux Éditions Nathan :

Collection Pleine Lune :

- *Le jour est la nuit (2002)*
- *Le jour du meurtre (2002)*
- *Le dernier jour (2003)*
- *Le jour de tous les mensonges (1996)*
- *C'est la jungle (2000)*
- *Le jour des saigneurs (Prix Tatoulu 2000 – Polar d'Or, Paris Lecture 2001)*

Collection Demi-Lune :

- *Terriblement vert (Prix Sorcières, 2002)*
- *Le soir du grand match (Prix Première Lecture, 1999)*
- *La citrouille olympique (Prix du mouvement pour les villages d'enfants, 2001)*
- *Un monstre dans la peau (Prix des 3 vallées, 1999)*

Collection Première Lune :

- *Maudit mardi gras 2002)*
- *J'ai 30 ans dans mon verre (2001)*
- *À fond les rollers (2000)*
- *C'est quoi ta collec ? (1998)*
- *Comme une grenouille (1998)*
- *Même pas cap (1997)*
- *Tous les jours, c'est foot ! (1996)*
- *Tu veux sa photo ? (à paraître en 2003)*

Collection Étoile filante :

- *Pipi, les dents et au lit (2002)*

François Roca

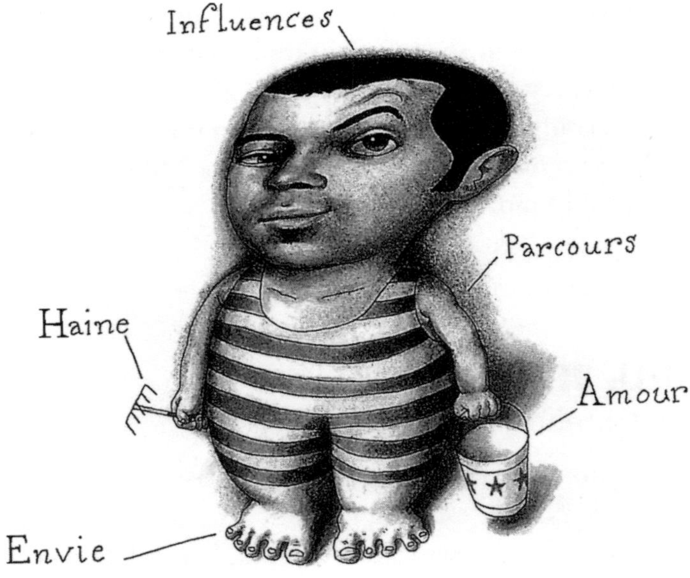

LE JOUR EST LA NUIT

Hubert Ben Kemoun

Vladimir voulait mettre en boîte son prof pour frimer devant les copains et les copines et tout a basculé. Gravement ! Vladimir va cavaler une nuit entière, si ce n'est pour se sauver, au moins pour gagner le droit de se regarder encore dans une glace, un jour... Mais où commence le jour ? Où finit la nuit ? Quelle différence entre le crépuscule et l'aurore ? Ils sont si parfaitement jumeaux...

DÉLIT DE FUITE

Caroline Terrée

Antoine arrive dans sa nouvelle classe. Tom, sauvage et renfermé, est désigné pour l'accueillir et lui faire visiter l'établissement. Au début, leur relation est difficile mais ensuite Tom apprend à apprécier Antoine : ils ont la même façon de penser et le même goût pour le surf. Or, leur amitié bascule le jour où Tom révèle à Antoine un terrible secret...

LAPOIGNE ET L'OGRE DU MÉTRO

Thierry Jonquet

Claude lapoigne est un clochard heureux. Dans Paris, il a ses copains, ses itinéraires et ses coins de prédilection. Malheureusement, sa route croise un peu trop souvent celle d'un monstre terrifiant, mi-homme, mi-bête, dévoreur de chair fraîche... Qui donc mangera l'autre ?

LE JOUR DU MEURTRE

Hubert Ben Kemoun

Tout était calculé : Antoine ne laisserait pas Virginie rentrer chez elle ce soir. Il avait soigneusement préparé son éxécution. Il lui enverrait d'abord une lettre anonyme, puis il la suivrait pour la tuer loin des regards indiscrets. Rien ne pourrait le faire changer d'avis. Rien ne pourrait l'arrêter...

VOUS POUVEZ LIRE AUSSI...

POLICE PYTHON

Yves Pinguilly

Sewanou, l'Africain, débarque à Paris à la recherche d'un python sacré et se retrouve par malheur chez un créateur de bijoux assassiné. Le voilà soupçonné de meurtre et il est obligé de se cacher. Qui va l'aider à sortir des griffes de la police ?

À paraître en mars 2003 :

LAPOIGNE ET LA FIOLE MYSTÉRIEUSE

Thierry Jonquet

Sacrée mère muzard, on peut dire qu'elle est vernie : un jeu télévisé et la voilà propriétaire d'un Zodiac ! Aussi sec, direction le canal Saint-Martin pour une promenade romantique avec son vieux copain le clochard Claude Lapoigne. Mais la balade tourne au vinaigre : des coups de feu, un homme en fuite et un petit flacon... Tout cela sent les ennuis !

... *DANS LA COLLECTION* **COMETE** *POLICIER*

10094244-(I)-5-BSB 100°-Decembre 2002
Imprimé en France par IFC -18390 St Germain du Puy
N°d'impression : 02/1111